KB017457

꿀벌

키우는

사람

꿀벌
키우는
사람

L'Apiculteur

막상스 페르민 — 임선기 옮김

ㄴㄴ > < ㄷㄴ

꿀벌 키우는 사람이었던

할아버지 디디에 페르민Didier Fermine께

타인들에게 있는 커다란 신비에 잠시 우리를 연결하여

그들과의 동행 속에서,

길이라는 것의 어떤 부분을 경험하게 해주는

그 비밀스러운 조화造化 이상을

삶에 요구하는 건 헛된 일이다.

— 알바로 무티스Alvaro Mutis

I

오렐리앙 로슈페르Aurélien Rochefer는 금金에 대한 취향으로 인해 꿀벌 키우는 사람이 되었다. 부富를 탐해서가 아니었다. 꿀을 수확하면 돈을 벌 수도 있지만, 그가 꿀벌을 키우게 된 건 전적으로, 그가 '인생의 금'이라고 부르던 것을 찾기 위해서였다.

그는 미美를 찾는 사람이었다. 그에게 삶이란 그것을 가로지르는 순수한 마법의 순간들이 있기에 살 만한 것이었다.

1885년 오렐리앙은 스무 살이 되었고 꿀벌들을 꿈꾸기 시작했다. 벌통을 십여 개 만들어서 꿀을 얻자고 계획을 세웠다. 랑글라드Langlade는 지중해 가까운 남프랑스 마을이다. 그는 랑글라드에서 꿀벌을 키우는 유일한 사람이 되리라는 것을 알았고, 판매할 꿀이 프로방스Provence 전역에서 가장 좋은 꿀이 되리라는 것을 알았다.

　　계획 자체가 독특한 것이어서 계획만으로도 그의 삶은 꿈이 되었다.

오렐리앙에게 삶이란 신기한 금빛 꿀벌이었다. 멀리에서 반짝거리고, 날아가고, 향기와 향기 사이에서 취하고, 채색 유리창에 부딪히고, 하늘의 광대함 속에서 자신만의 꽃에 들어 있는 꿀을 찾는 것이었다.

사실 오렐리앙 로슈페르는 오래전부터 금에 대한 취향을 간직해왔다.

그가 태양과 빛으로 그린 거대한 화폭에서 태어났기 때문이었다. 그 그림을 사람들은 '프로방스'라고 불렀다.

그리고 그가 금을 찾는 사람이기 때문이었다.

오렐리앙은 알고 있었다. 금을 찾으려면 다른 인생은 포기해야 하리라는 것을. 하지만 그는 꿰뚫어보고 있었다. 금을 찾는 삶 속에서 자유롭고 행복하리라는 것을.

어릴 적 어느 날, 꽃가루 묻은 꿀벌 한 마리가 손에 와서 앉았다 날아갔는데, 손바닥에 남은 꽃가루가 금가루처럼 보이며 생명선을 가르고 있었다.

그날 이후 그는 꿀을 꿈꾸었고, 꿀벌 키우는 사람이 되기로 마음먹었다.

랑글라드에서 돈이 되는 건 라벤더였다. 오렐리앙의 할아버지 레오폴 로슈페르Léopold Rochefer는 그것을 잘 알고 있었다. 그는 지역 최대의 라벤더 생산자였다.

할아버지와 오렐리앙은 단둘이 푸른색 덧창문들이 있는 황토색 농가에 살면서 라벤더를 키웠다. 뙤약볕 아래서 수천 마리 벌레들이 맴돌았다.

할아버지에게 금은 바로 라벤더의 색이었다. 오렐리앙에게 금은 꿀의 색이었다.

"각자에게 색이 있는 거지." 각자의 색을 강조하곤 하는 이는 클로비스Clovis였다. 그는 마을의 카페인 '초록 카바레'의 주인이었는데, 처음 겪은 사랑의 슬픔을 한 잔 초록색 압생트에 익사시킨 날 자신의 색을 선택했다.

클로비스의 압생트와 레오폴의 라벤더 사이에서, 꿀은 소중한 것이고 아름다운 색이었지만, 대단한 것은 아니었다. 할아버지는 손자에게 반복하고 반복했다.

"꿀벌 키우는 일은 영 미래가 없단다. 생계유지조차 안 되는 일이야."

오렐리앙은 바로 부인했다.

"잘못 보셨어요. 꿀은 저의 생명이에요."

이튿날 그는 아를Arles에서, 로마제국의 유명한 묘원 중 하나인 레잘리스캉Les Alyscamps 근처에 있는 서점에 들어갔다. 그리고 양봉에 관한 개론서를 한 권 들고 나왔다.

겨울에 그는 시간을 쪼개서, 한쪽은 농가를 수리하고 버드나무 벌통들을 만드는 데 쓰고, 한쪽은 불가에서 『꿀벌들의 신비한 삶의 장면들』을 읽는 데 썼다.

그 겨울, 오렐리앙이 꿀벌들에 대해 말할 때마다, 그의 시선 속에서 알 수 없는 섬세한 빛이 하나 보였는데, 광기의 작은 빛 같았다.

레오폴은 과묵한 사람이었지만, 압생트를 너무 마신 어느 저녁, 친구인 클로비스에게 털어놓았다. 노인은 초록 카바레의 바bar에 몸을 기댄 채, 사고 속 개념들의 본질이 꿈들의 알코올 성분 속에서 천천히 녹는 축복받은 순간을 행복하게 맛보고 있었다.

"오렐리앙 말이야. 꿀벌을 키우겠다고 말한 때부터 시선 속에 뭔가 무섭게 하는 게 있어."

"자세히 말해봐. 두 눈 속에 뭐가 있다고?" 클로비스가 물었다.

"뭔지 모르겠어. 수많은 불들이 반짝거려. 그애가 시선 속의 모든 별들에 불을 켠 것 같아."

"두 눈 속에 별들이라고?"

"그래. 벌들을 말하고 나를 쳐다보는데 나를 보는 게 아니야. 아이가 내 앞에 정면에 있는데, 시선이 내 몸을 통과하고 있는 것 같아. 그저 가능한 한 멀리 보려는 것 같아. 눈 속에서는 작은 빛들이 반짝거리고."

"그 작은 빛들은 확실히 꿈에서 오는 것들이야. 원하는 대로 꿀벌들을 키워보도록 내버려두는 게 좋겠어." 클로비스가 말했다.

오렐리앙은 꿀벌 키우는 일을 1886년 초에 조촐하게 시작했다. 첫 양봉기養蜂期에는 십여 개 벌통으로 만족했다. 아마추어 양봉이나 수제 양봉이라 부르는 단계였다.

"꿀은 키울 수 있는 태양입니다. 좋은 태양을 만들려면 시간이 필요하죠." 그는 듣고자 하는 사람에게 말하곤 했다.

봄에 그는 숲에서 꿀벌떼를 하나 발견했다. 여왕벌 주변에 빽빽이 모여 있는 꿀벌떼는 쉽게 획득할 수 있었다. 오렐리앙은 꿀벌떼를 벌통 속으로 옮겨놓고 설탕물로 키웠다. 그의 첫 보석이었다. 며칠 후 그는 멀지 않은 마노스크Manosque의 한 업자에게서 다른 꿀벌떼를 일곱 개 구입했다.

"프로방스에서 최고의 벌들입니다!" 남자가 오렐리앙을 안심시켰다. "발랑솔Valensole고원 출신이죠!"

다시 벌통을 방문한 날, 오렐리앙은 알을 낳을 틀들이 있는 벌통의 아래층인 본체와 채밀採蜜을 하는 위층 사이에 수평 격자판을 조심스레 설치했다.

첫 개화기에 수많은 꿀벌이 들판의 꽃들에 날아가서 부지런히 꿀을 날라왔다. 오렐리앙에게 그것은 정말 장관이었다. 해뜰 때부터 해질 때까지 꿀벌들이 이 꽃에서 저 꽃으로 분주히 춤추며 날아다녔다. 꽃들의 달콤한 물이 연금술에 의해 금빛 꿀로 변할 때까지 오렐리앙은 그런 장관들 앞에서 오랜 시간 경탄할 것이었다.

여름에 첫 수확을 했다. 훈연기를 사용하며 벌통들의 위층들에서 세로로 놓인 틀들을 하나씩 꺼낸 후 육각형 벌집들을 열고 꿀을 꺼냈다. 꿀이 금金 물처럼 커다란 항아리로 흘러내리기 시작했다. 그는 상당량의 꿀을 소유하게 됐다.

구월 어느 저녁, 그는 수확한 꿀을 아를의 한 소매상에게 팔았다. 여섯 병은 판매하지 않았는데, 세 병은 자신을 위해 보관했고, 세 병은 폴린Pauline에게 주었다.

라벤더를 파는 폴린은 일대에서 가장 아름다운 아가씨였다. 클로비스의 조카였던 그녀는 몸매가 매우 예뻤고, 두 눈 속에는 사랑의 덫 같은 것이 있었다, 사내들의 마음이 빠져들고 마는 덫.

어느 아침, 아를의 장터에서 라벤더 향유香油를 팔고 돌아오다가 그녀는 마을 우물가에서 오렐리앙과 마주쳤다.

"이제 꿀벌을 키우는 분이신데 수확이 끝났으니 무엇을 하시려나요?"

오렐리앙은 대답하기 전에 그녀를 오래 바라보았다.

"겨울이 올 때까지 기다려야지. 겨울이 오면 벌통을 더 만들어야지."

오렐리앙은 겨울에 가장 힘들었다. 봄이 오기를, 얼음이 녹는 속도로 천천히 기다리는 것 외에 할일이 없었다. 삶이 텅 비곤 했다. 벌들은 벌통 속에서 안전하게 잠잤다. 그러다 햇빛이 조금이라도 비치면 밖으로 나와 몸을 덥혔다. 그러다 눈과 접촉하면 회복할 수 없이 몸이 상했다.

세상 전체가 온통 백색이었다. 꽃들과 열매들은 사라진 지 오래였다. 잎들은 첫서리 때 떨어졌다. 살구버섯들은 눈 속에서 잠들어 있었다. 태양은 너무 창백해서 흰빛이었다. 오렐리앙의 심장은 너무 차가워서 죽은 것 같았다.

새로운 벌통들을 정렬까지 하고 나면 무료한 시간을 달래야 했다. 오렐리앙은 눈 쌓인 숲들에서 오래 걷곤 했다. 태양이 산들 너머로 사라질 때가 되어서야 귀가했다. 벽난로에 불을 지피고 양봉에 관한 책자들을 읽기 시작했다.

벌통들을 돌보면서 그는 그 곤충들이 인간이 실패한 지점에서 성공했다고 느꼈다. 서로 몸을 기대고 일정한 온기를 유지하고 있었다. 모두 함께, 공동체라는 하나의 작품을 만들고 있었다. 그렇게 느끼며 오렐리앙은 깨달았다. 인간은 천천히 진화하면서 조금씩 이상향에서 멀어져왔다는 것을. 그는 꿈꾸기 시작했다. 그도 한 마리 꿀벌이 되고 싶었다.

꿀벌은 꽃 한 송이를 사랑해서 죽을 수 있다.

꿀벌은 사랑으로 인해 죽을 수 있다.

꿀벌은 그럴 수 있다.

사실 사람들은 꿀벌들의 능력에 대해 아무것도 몰랐다.

1월 어느 아침, 오렐리앙은 눈 속에서, 죽은 꿀벌 한 마리를 발견했다. 불로 만든 진정한 보석이 백색 대양大洋 속에 들어 있었다. 금색과 검은색 옷을 입고 있었다. 그는 엄지와 검지로 섬세하게 꿀벌을 잡아서 손바닥 위에 놓았다.

그의 피부와 접촉하자, 얼어붙어 있던 꿀벌이 유리처럼 깨졌다.

손을 펴서 땅을 향해 뒤집자, 슬프게도 약간의 금가루가 공기 속에서 반짝이더니 눈 위에 떨어져 사라졌다.

두번째 양봉기에는 봄이 늦게 시작되어서, 오렐리앙의 벌통들도 봄꽃들도 두껍게 쌓인 눈 속에서 계속 잠들어 있었다.

마침내 화창해진 봄날들에 분봉分蜂이 일어났다.

오월 어느 아침, 1번 벌통에서 여왕벌이 일부 꿀벌을 데리고 날아올랐다. 이제는 수가 너무 많아져서 한 지붕 아래 살 수 없었던 것이다. 꿀벌떼가 잠시 날다가 벗나무 한 가지에 매달렸다. 그때 오렐리앙이 꿀벌떼를 쉽게 잡았다.

여왕벌이 떠난 벌통에서는 꿀벌들이 새로운 여왕을 위해 여왕벌집들을 만들기 시작했다. 16일이 지났을 때 새로운 여왕이 여왕벌집에서 나왔다. 벌통이 다시 살아나기 시작했다. 이제 남은 과제는 주저 없이 다른 여왕벌집들을 파괴하는 일이었다. 오로지 하나의 여왕이 군림하며 번식할 수 있도록. 과제가 완수되었고, 16일 동안 로열젤리를 제공해준 일벌들에 둘러싸여 마침내 여왕벌이 벌통에서 자리를 잡았다. 그리고 남은 생 동안 알들을 낳았다.

분봉에 의해 오렐리앙의 벌통은 이십여 개로 늘어났다. 꿀 생산량도 두 배가 되었다. 특히 1번 벌통이 기특했다. 그해 그 벌통에서 꿀이 사십 킬로나 나왔다.

클로비스가 두번째 수확을 축하해주기 위해 방문했다. 그는 새로운 꿀벌 장인 앞에서 특별한 사실에 대한 설명을 들어야 했다.

"여왕벌 한 마리가 알을 하루 평균 천 개 낳아요. 1번 벌통에서 새로 태어난 여왕벌은 이천 개까지 낳고요. 그녀의 일벌들은 사만 마리나 되지요."

클로비스는 그런 기술적 설명에는 전혀 관심이 없었다. 그러다 꿀단지들을 보고 소리쳤다.

"금빛 비를 받아놓은 것 같군."

"네. 제가 찾던 금이에요."

"할아버지는 뭐라 하셔?"

오렐리앙은 즉답을 못했다. 머리를 숙이고 곁을 날고 있는 벌 한 마리를 바라볼 뿐이었다.

"할아버지는 잘되지 않을 거라고 말씀하세요. 양봉은 결코 저의 생업이 될 수 없다고 하시죠. 미친 짓이라고 하세요."

"그가 맞을지도 모르지."

"하지만 저는 이것이 운명이라고 생각해요. 금을 찾는 삶. 물론 지금은 꿀을 찾는 것이고요."

"결국은 네가 옳을지도 모르지."

"절대적으로 확실한 미래는 없어요. 그러니 도전해볼 가치가 있는 거죠."

"네 말이 맞다, 오렐리앙." 클로비스가 머리를 긁적이며 말했다. "아마도 도전해볼 가치가 있을 거야."

어느 날 오렐리앙은 벌통을 관리하다 실수를 했다. 운이 없었거나 긴장 상태가 아니었다면, 일이 되어가던 흐름을 바꾸고 계획을 다 틀어버릴 만한 실수였다. 본체 위에 있는 층을 교체하다가 옆에 있는 벌통을 팔꿈치로 건드렸던 것이다. 그 벌통에 있던 수백 마리 꿀벌의 틀이 떨어졌고, 이내 귀를 먹먹하게 하는 소란 속에서 사방에서 꿀벌들이 오렐리앙을 공격했다. 팔뚝이 따끔했다. 화가 난 꿀벌들을 피해 달아났지만 곧 추격당했다. 여기저기 십여 군데 쩔린

곳들이 화끈거렸다. 그가 몸을 던진 강이 없었다면 아마도 생명을 잃었을 것이다.

오렐리앙이 부은 얼굴로 비틀거리며 집으로 돌아왔다. 손자를 본 레오폴이 큰 소리로 말했다.

"어찌된 일이냐?"

오렐리앙은

"꿀벌들이요!"라고 간신히 말한 후, 할아버지의 두 팔에 안겨 기절했다. 레오폴은 손자를 방으로 데려와 침대에, 직사광선을 피해, 눕힌 후 물기 있는 수건으로 이마를 덮어주었다. 십여 개 벌침을 빼낸 후 약초를 달여 약물을 만들어 상처들에 발라주었다. 그리고 환자에게 프로폴리스 propolis 몇 숟가락을 먹였다.

그날 밤 폴린이 와서 밤새 오렐리앙을 간호했다. 얼굴이 너무 변해서 처음엔 알아보지 못했다. 환자 손을 잡고 밤새 놓지 않았다.

"죽지 마." 그녀가 작은 목소리로 말했다. "죽으면 안 돼……"

오렐리앙은 눈을 떠 폴린을 보고 싶었지만, 벌에 쏘인 눈꺼풀들이 너무 부풀어올라, 침대 협탁에 놓여 있는 초의 불빛만 희미하게 보였다. 신음을 내다 세 단어를 말했는데 폴린은 알아들을 수 없었고 오렐리앙은 잠이 들었다.

그는 이틀 밤 동안 열과 통증에 시달리며 헛소리를 냈다. 하지만 그는 살아났다.

셋째 날 아침 그가 눈을 떴을 때 태양은 하늘 높이 떠 있었다. 레오폴과 폴린은 마음이 놓였다. 큰 고비는 넘겼다는 것을 알았다.

가쁜 숨을 쉬며 오렐리앙이 말했다. "어떻게 된 거죠?"

"꿀벌들이었다." 레오폴이 말했다.

폴린은 미소 지어주었다. 오렐리앙의 의식이 돌아와서 행복했다. 그는 두 눈을 크게 뜨고 그녀를 바라보았다. 할아버지와 폴린은 사건에 대해 그리고 어떻게 그가 죽지 않았는지에 대해 말해주었다.

"꿀벌들 잘못이 전혀 아니에요. 다 내 탓이에요." 오렐리앙이 말했다.

그는 몸을 일으켜 우유를 한 잔 마시고 꿀 바른 빵 조각을 몇 개 삼킨 후 한 숟가락 더 프로폴리스를 취하고 양봉장으로 돌아갔다.

　그날 이후 오렐리앙은 봉독에 대해 면역이 되어 꿀벌이 쏘든 말벌이 쏘든 호박벌이 쏘든 아무 이상이 없었다.

　살아난 것을 보면 원래부터 고통에는 저항력이 있는 것도 같았다.

"프로폴리스가 뭔지 말해줄래?" 얼마 후 폴린이 오렐리앙에게 물었다.

"나를 구한 약이지." 그가 말했다. "이리 와. 보여줄게."

그는 폴린의 손을 잡고 벌통들 옆으로 데려갔다. 거기에서 그는 꿀벌들이 궂은 날씨에 대비하여 벌통의 틈새들을 메워놓는 데 사용한 수지樹脂로 만든 아주 작은 알갱이들을 보여주었다.

"이게 프로폴리스야! 상처들을 지져서 다양한 통증을

가라앉히는 성질이 있지. 스트라디바리우스가 바이올린들에 프로폴리스를 발라서 더 조화로운 울림을 얻었다는 설도 있어."

같은 생성물生成物을 상처들에도 바이올린들에도 사용할 수 있다는 점에 놀라서 폴린이 물었다.

"몸의 상처들뿐 아니라 영혼의 상처들까지 아물게 한다는 거야?"

"그래. 어느 경우든 기적을 일으키지."

프로폴리스와 꿀, 특히 여왕벌의 식량인 로열젤리가 양봉에서 얻는 약성藥性 있는 생성물들로 알려져 있었다.

오렐리앙은 습관처럼 말했다.

"살아 있는 동안 로열젤리만 먹는다면, 아마 나는 불멸하게 될 거야."

폴린은 터무니없는 소리라고 생각하며 응수하곤 했다.

"그렇다면, 로열젤리를 먹으면 나는 어떻게 될까?"

"16일 후 너는 여왕이 될 거야."

세번째 양봉기에도 오렐리앙 로슈페르는 예년처럼 일했고, 꿀벌떼들을 잘 돌본 결과 얼마 지나지 않아 벌통이 백 개로 늘어났다.

1888년은 너무 안 좋았다. 4월 결빙, 5월 우박, 8월 가뭄에 사람들이 큰 피해를 당했다. 많은 수확들이 망쳐졌다. 옥수수 가격은 두 배, 밀 가격은 세 배, 라벤더 꿀 가격은 열 배가 뛰었다. 이상한 우연에 의해, 랑글라드 마을은 피해가 적었다. 그해 마을에서 날씨에 대해 크게 불평하는 사람은 없었다.

아를에서 정산하고 돈을 주고받은 후 오렐리앙은 집으로 돌아왔다. 세어보니 돈이 꽤 되었다.

"적잖은 돈이네요!" 오렐리앙이 높은 목소리로 말했다.

이번엔 레오폴이 세었다. 그는 자신의 눈을 믿을 수 없었다. 마침내 틀림없는 사실임을 알게 된 할아버지는 손자를 향해 몸을 돌리고 함박웃음을 웃고 말했다.

"내가 잘못 세었나 했다. 네가 옳았구나. 꿀도 금이 되는구나!"

할아버지는 초연한 체하며 덧붙였다.

"네가 지금 결혼한다면, 라벤더에서 나온 돈과 꿀에서 나온 돈으로 성대한 결혼식을 치를 수 있겠다!"

노인이 폴린을 염두에 두고 있다는 것을 오렐리앙은 잘 알고 있었다. 손자는 슬픈 어조로 답했다.

"여름에 하는 결혼이 더 아름다워요. 여름은 꽃들의 향기와 함께 날아오르는 계절이니까요. 이 돈은 물자를 사는데 필요해요. 새로운 벌통들을 만들어 양봉 규모를 두 배

로 늘리려 해요. 결혼은 계획한 것을 모두 이룬 후에 생각

할 거예요. 그때까지 내 사랑은 꿀벌들 겁니다."

폴린은 오렐리앙이 들판들의 꽃들을 모두 다 돌아다녀
서 자신에게 가장 달콤한 꿀을 찾아낼 꿀벌이라 생각했다.

그녀는 오렐리앙이 여행과 금金의 부름을 받고 있으며,
태양에 의해 자극되고 다른 곳의 향香을 맡고 있음을 알고
있었다.

그녀는 기다릴 수 있는 인내심이 있었다.

꿀벌은 항상 자신의 벌통으로 돌아온다는 것을 알고 있
었다.

오렐리앙의 꿈이 점차 현실이 되며 모습을 드러내는 것처럼 보였다.

아를에서 돌아온 다음날, 오렐리앙은 작업장 구석에 있는, 모르타르가 떨어져나가 움직이는 돌 밑에 돈을 숨겨놓고 나비를 채집하러 나갔다. 채집한 나비들 중 '프로방스의 레몬citron de Provence' 한 마리가 마음에 들어왔다. 그 나비는 짙은 노란색으로 들판들에서 미나리아재비꽃들과 헷갈렸고, 손바닥에 올려놓으면 태양의 자국 같았다.

가을에 오렐리앙은 랑글라드 인근 산으로 살구버섯을 따러 갔다.

낮과 밤 내내 비가 퍼붓고 난 어느 아침, 야생 월귤나무들이 뿌려져 있는 숲속 빈터에서, 금색 모자를 쓴 버섯을 상당수 발견했다. 그는 가져간 바구니를 가득 채웠다.

저녁에 부엌 식탁에서 버섯들을 씻으며, 오렐리앙은 기쁜 마음으로 자신의 현재 삶에 대해 생각했다. 불 피운 벽난로에서는 타닥타닥 소리가 나고 있었다. 그는 자신이 행복하다고 여겼다. 깨지기 쉽고 환한 행복이었다.

그 평화로운 저녁 다음날이었다. 오렐리앙은 전재산을 잃었다.

아침 늦게 깨어났을 때 그는 긴 하품을 했고 침대에서 나가기가 무척 힘들었다. 부엌 창으로 밖을 내다보며 커피를 마셨다. 나무들의 가지들이 사나운 바람에 흔들리고 있었다. 이상하게 전날보다 훨씬 더웠다.

"쾬이야! 누구나 미치게 만든다는 바람!"

소동이 벌어졌다. 번개가 하늘에 무늬를 펼쳤다. 전에는 들은 적 없는 천둥소리가 울리기 시작했다. 밖에서 레오폴이 외치는 소리가 들려왔다.

"불이야! 불이야! 떡갈나무가 벼락을 맞았다!"

오렐리앙은 마당으로 달려갔다. 정원 끝 벼락맞은 나무 옆에서 벌통들이 불에 먹히고 있었다. 벌들이 주변을 빙빙 돌고 있었다. 레오폴이 물 한 동이를 가지고 불길을 끄려 애쓰고 있었다.

"벌통이오! 벌통들을 구해야 해요!" 오렐리앙이 외쳤다.

그는 연기에 숨이 막혔지만 양봉장으로 달려갔다. 그리고 우물을 향해 뛰었다.

"빨리요, 할아버지! 빨리요! 벌들을 구해야 해요!"

길게 느껴진 몇 분 동안 두 사람은 도르래와 양동이들과 물을 가지고 사투를 벌였지만 너무 늦었다는 걸 깨달았다. 불은 꿀과 꿀벌들과 벌통들을 단숨에 삼켰다. 불은 오렐리앙의 금을 거대한 재구름으로 변형시켰다. 재구름이 하늘 높이 퍼져갔다.

오렐리앙 로슈페르의 양봉장에 남아 있는 거라곤 검게 탄 나뭇더미와 흠뻑 젖은 잿더미뿐이었다.

일주일 동안 오렐리앙 로슈페르는 방에서 나오지 않았다. 일어난 일을 잊으려 애썼다. 레오폴의 위로도 폴린의 다정함도 무기력 속에 피신해 있는 오렐리앙을 꺼내지 못했다. 삶에서 가장 아름다운 부분을 불에 빼앗긴 후 어떤 것에도 무관심했다.

다시 이틀 동안 오렐리앙은 말없이 침대에 엎드려 있었다. 셋째 날 그는 마침내 생각을 바꾸기로 하고, 책을 찾으러 할아버지의 서가로 갔다. 한 권이 눈에 띄었는데 표지가 눈길을 사로잡았다. 양봉 아닌 것에 관심이 있을 수 있다는 사실에 놀라면서 쉬지 않고 책을 다 읽었다.

소설책이었다. 무대는 아프리카였고, 금을 찾는 어떤 사람이 겪는 모험들에 대한 이야기였다.

긴 독서가 끝난 후, 오렐리앙은 꿈을 한 편 꾸었다. 인생의 흐름을 바꾸게 될 꿈이었다. 낙원에 대한 숭고하고 구체적인 꿈이었다.

사막을 걷고 있었다. 낭떠러지 아래 도착했다. 순수한 물의 작은 폭포가 떨어지고 있었다. 목이 말랐다. 달려가서 헤엄을 쳤다. 물과의 접촉에서 실제 같은 기쁨이 느껴졌다. 길게 느껴지는 감미로운 몇 분이었다. 한 존재가 느껴졌다. 몸을 돌렸다. 그를 향해 걸어오는 여자가 보였다. 벌거벗은 여자. 이상한 아름다움이 느껴졌다. 머리카락과 눈동자는 검은색이었다. 피부는 금색이었다. 뭐라 말하고 싶었지만 목소리가 나오지 않았다. 그때 여자가 손짓을 했다. 그러자 작은 폭포가 거대한 폭포로 변했다. 엄청난 양의 향기로운 꿀이 떨어지고 있었다.

다음날 오렐리앙은 방에서 나와 손에 책을 든 채 할아버지 앞으로 갔다.

"금을 찾으러 떠나겠습니다."

그는 할아버지의 푸른 시선에서 눈을 떼지 않고 짐을 챙겼다. 할아버지가 자신을 이해하지 못하리라는 걸 잘 알고 있었다.

"랑글라드를 떠날 거예요. 프로방스를 떠날 거고 프랑스를 떠날 겁니다."

"꿀벌들은 어쩌고?"

오렐리앙 로슈페르는 대답하지 않았다. 가방을 졸라매고, 난로에서 타닥거리고 있는 불을 오래 바라보았다. 그러다 떠날 시간이 됐다고 판단했다.

그는 같은 말을 반복하고 첨언했다. "금을 찾으러 떠나겠습니다. 멀리, 아프리카로요."

그렇게 말하고 가방을 어깨에 멘 후 나갔다.

오렐리앙은 삶에 대해 독특한 생각을 갖고 있었다. 방황만이 어느 날 자신을 발견하게 해준다고 생각했다.

오렐리앙은 떠나기 전 마당에서 황토 집을 뒤돌아봤다. 할아버지가 심은 두 그루 레몬나무가 집 앞에 서 있었다. 여름에 아침마다 레몬을 하나씩 따서, 떠오르는 태양을 보며 썰어 먹던 기억이 났다. 그는 라벤더 밭과, 아무도 감히 치우지 못한, 정원 끝 잿더미를 물끄러미 바라봤다.

"왜 금을 찾겠다는 거니?" 레오폴이 물었다. "그건 안정적인 일이 아니고, 허황한 꿈만 부풀리는 일인데."

오렐리앙은 한숨을 길게 내쉬었다. 그리고 말이 없었다.

"꿀벌 키우는 일은 그만두는 거니? 다시 시작할 수 있다. 라벤더도 있고."

"그 일에 대해서는 더는 말씀하지 마세요."

노인의 시선이 손자의 긴 침묵을 깊이 들여다보며 영혼을 이해하려 애썼다. 그러다 젊은이의 시선에서 보이는 것이 그를 얼어붙게 했다. 거기에는 대지의 끝없는 광활함이 서려 있었다.

"그래, 떠나고 싶다고? 좋다. 또 한 번의 광기로구나. 내게는 너를 말릴 힘이 없다. 그런데 왜 꼭 집어 아프리카냐?"

"꿈을 꿨어요. 한 여인과 아프리카가 나오는 꿈이었어요."

오렐리앙은 한숨을 쉬고 가방의 가죽끈을 다시 조인 후 뒤돌아서서 자갈길을 걸어 멀어져갔다.

레오폴에게 그 대답은 의외였으리라. 그러나 그것으로 충분했다.

"폴린은 어쩌고? 폴린 생각은 했어? 네가 떠나면 다른 사람이 그녀와 혼인할 거야."

마을 광장 노천카페에 앉아 있던 오렐리앙은 자신을 흔들지 말라는 듯 손짓을 했다. 그는 편지를 쓰고 있었다, 폴린에게.

방금 말한 사람은 클로비스다.

"폴린이 나를 정말 좋아한다면 기다려줄 거예요."

"너무 늦게 돌아온다면 혼인할 수도 있지."

오렐리앙이 살짝 미소 지었다.

"그런 일이 일어난다면 우리는 운명이 아닌 거예요."

폴린에게 인사하러 갔을 때, 그녀는 라벤더 향유 병들에
상표를 붙이고 있었다. 얼마나 정성을 기울여 섬세하게 하
던지, 마치 목숨이 걸려 있는 일 같아 보였다.

오렐리앙은 잠시 망설이다가 폴린을 마주보고 말했다.

"나 떠나."

"어디 가는데?"

"아프리카."

그리고 잠시 망설이다 덧붙였다.

"금을 찾으러 가."

폴린은 반응이 없었다. 다만, 그녀의 시선이 손에 들고 있던 푸른 병을 관통했다.

"금은 여기에도 있어."

부드러운 목소리가 더해졌다.

"네 앞에도 금이 있는데 못 볼 뿐이야."

폴린은 그 말을 떨지 않고 말했다. 이상하리만치 부드러운 목소리였다. 하지만 그 소리가 오렐리앙에게는 들리지 않았다. 그는 이미 여행중이었다. 금을 향한 여행만이 중요했다.

"받아. 네게 편지를 썼어. 내 딴엔 사랑의 편지야."

귀 밝은 천사들의 잠도 흔들 수 없을 만큼 낮은 목소리였다.

그가 말을 더했다. "언약의 편지이기도 해. 괜찮다면 내가 떠난 후 읽으면 좋겠어."

그가 편지지 대신 사용한 흰 봉투를 내밀었다. 가늘고 검은 글씨들로 덮여 있었다.

"알았어. 내게도 그편이 좋겠어. 꿀벌이 벌통을 떠났을 때 읽을게."

그녀는 봉투를 받아 안주머니 속으로 밀어넣고 가슴에 손을 대어 심장에 밀착시켰다.

오렐리앙은 마르세유Marseille로 가는 길로 들어서서, 꿈꾸던 길로 천천히 걸어갔다. 그는 아비시니아Abyssinie*로 가고 있었다. 할아버지의 서가에서 꺼내 읽은 책에 따르면, 그 나라에서는 아직도 땅속에서 금을 캐어 큰돈을 벌수 있었다. 골드러시를 불러일으킨 캘리포니아와 같은 광대하고 풍요로운 지역들이 그 나라에서도 생겨날 수 있다

---

*에티오피아의 옛 이름.

고들 했다.

사실 그는 자신이 그 나라에서 무엇을 발견할지 몰랐다. 다만, 무언가를 찾는 것이 자신에게 주어진 운명이라는 것은 알고 있었다. 그 무언가는 색을 갖고 있었다. 태양의 색.

이번에는 그 태양이 아프리카일 것이었다.

아를을 지날 때 오렐리앙은 카발르리Cavalerie 거리 30번지에 있는 카렐Carrel호텔에 머물렀다.

카페 테라스에 앉아 압생트를 마시고 있을 때 이상한 남자가 보였다. 거리에 서서 그림을 그리고 있었다. 아주 열심히 그리고 있었고 거의 미친 사람처럼 그리고 있었다. 하지만 마치 꿈 방울 속에 갇혀 있는 듯, 이 세상에 혼자만 있는 듯, 조용했다. 붉은 머리카락에 밀짚모자를 쓰고 라벤더 블루색 셔츠를 입고 있었다. 시선은 어떤 불분명하고 섬세한 형태를 드러내고 있었는데, 그 형태는 사는 것에 권태를 느끼고 있음을 가리키고 있었다.

화가에게 다가가면서 오렐리앙은 그가 자화상을 그리고 있음을 알았다. 거울 없이 그리고 있었다. 그런데도 화가를 완벽하게 닮은 그림이었다. 팔레트에 있는 다양한 색이 가장 관심을 끌었다. 레몬색, 연녹색, 황갈색, 분홍 장미색, 코발트색, 오렌지색, 보라색, 바나나색, 에메랄드 녹색 등. 색들이 완벽한 조화를 이루고 있었다. 색들에 취할 지경이었다.

"이 모든 뉘앙스가 아름답네요."

화가는 고개를 들지도 않았다. 하는 일에 빠져 있어서 아무것도 들리지 않는 모양이었다.

꽤 시간이 흐른 후 그가 고개를 들고 말했다.

"색에 대해 아시는지요?"

"전혀 모릅니다."

"그렇다면 내게 무슨 용무가 있으신가요?"

심히 당황한 오렐리앙에게 자신의 목소리가 들렸다.

"여인의 초상화를 그려주시겠어요."

화가는 반응이 없었다.

"가진 돈이 많지 않습니다. 그림값으로 이 라벤더 향유 한 병을 드렸으면 합니다."

오렐리앙이 여행 가방에서 푸른 병을 꺼냈다.

"당신 겁니다. 받아주세요."

"언제 오지요?"

"누가요?"

"그려달라는 여인이오."

"오지 않는데요."

둘 다 한참 말이 없었다. 그동안 화가는 작업을 계속했다. 화가가 입을 열었다.

"내가 알지 못하는 여인의 초상화를 그려달라는 건가요?"

고개를 들며 덧붙였다.

"볼 수도 없는 여인의 초상화를 그려달라는 거죠?"

화가의 얼굴이 색들로 불타고 있었다. 붉은 금발 수염.

푸른 눈동자. 빨강 머리.

"그녀는 정말 아름답고요, 피부는 금색입니다."

화가는 못 믿겠다는 듯 오래 바라봤다. 그리고 말했다.

"금색 피부라고요?"

"네. 그녀에 대해 아는 것이라곤 그게 전부입니다. 나머지는 상상해서 그려주세요."

예술가는 오렐리앙을 바라보다가 제안이 아름답다고 생각했다. 존재할 개연성은 낮지만 사내를 사로잡고 있는 여인을 그리는 것.

그는 이젤에 새 캔버스를 고정시키고 팔레트에서 세 가지 색을 선택한 후 그리기 시작했다.

그날 저녁 작품이 완성되었고 라벤더병과 교환되었다.

그림 속에 한 여인이 들어 있었다. 검은 눈과 검은 머리카락, 그리고 금색 피부를 가진 여인이 낯선 방식으로 그를 바라보았다.

"그녀입니다." 오렐리앙이 말했다.

"알고 있어요."

화가가 인사를 하고 화구를 챙긴 후 자리를 떠났다.

오렐리앙은 호텔 주인에게 자신이 여행하는 동안 그림을 맡아달라고 부탁했다.

"돌아오는 길에 찾아갈게요. 제 이름은 오렐리앙 로슈페르입니다. 제 이름을 기억해주세요."

"언제 돌아올 건가요?"

젊은이는 얼굴에 미소를 그리고 답했다.

"운명이 알고 있겠죠."

성 셀린Sainte-Céline 축일인 10월 21일, 마르세유항에서, 오렐리앙은 아프리카대륙과 아라비아반도 사이에 있는 홍해 연안 지역들로 가는 배에 몸을 실었다.

바다 위에서의 방황만이 그럴 수 있다는 듯 느림과 아름다움을 보여주는 항해였다. 지중해의 푸른색, 홍해의 산호초들을 지나 아프리카 땅의 금金으로 가는 항해였다.

오렐리앙은 홀로 스물세번째 생일을 자축했다. 젊은 나이였음에도 그는 지금까지 느껴보지 못한 시간의 급격한

흐름을 느끼고 있었다. 오렐리앙은 한 잔의 쓴 독배를 마시듯 그 시간을 받아들였다.

틀림없이 그의 영혼 때문에 그런 현상들이 일어났을 것이다. 그때마다 그의 영혼은 무한히 무거웠고 동시에 끝없이 가벼웠다. 설명할 수는 없지만 이해할 수는 있는 어떤 숭고한 현상이 영혼을 여러 차례 그렇게 만드는 것 같았다. 그런 삶의 현상은 일곱 번이나 일어났고 일곱번째가 마지막이었다.

지중해의 속이 비치는 물위를 미끄러져가며 오렐리앙은 주변이 온통 푸르다는 것을 발견했다. 눈부신 짙은 청색과 차가운 달빛이 들어 있는 푸름이었다.

　해가 질 때가 되어서야 마음이 안정되었다. 한 마리 둥근 벌 같은 태양이 바다에 빠지는 때였다. 그리고 바다 전체가 금빛으로 물들었다.

수에즈 운하 북쪽 끝에 있는 포트사이드Port-Saïd가 첫번째 기항지였다. 포트사이드는 바다로 빠져서 끝이 나는 사막에 있는 도시였다. 남쪽으로 내려가기 위해 다시 출발하는 때를 기다릴 밖에 할 수 있는 것이 아무것도 없는 곳이었다.

오렐리앙은 도시를 구경하려고 배에서 내렸다. 그러나 걸인들과 시장 상인들에게 시달리고 돌아와서는 다시는 하선하지 않았다.

저녁때가 되니 간밤 늦게까지 들려왔던 개 짖는 소리가
생각났다. 그는 살아 있다는 행복감을 느끼며 갑판 위에서
한동안 산책을 했다. 그는 두 세계의 갈림길에 서 있었다.
프랑스의 짙푸르고 고요한 바다를 지나왔다. 그리고 바로
앞에 보이는 홍해와 함께 동양의 문을 지나서 조금씩 더
세상의 열기 속으로 들어가고 있었다.

1869년 페르디낭 드 레셉Ferdinand de Lesseps이라는 사람이 수에즈 운하를 만들어서 모험가들에게, 여행자들에게, 상인들에게 아프리카로 갈 수 있는 새 길을 열어주었다. 지중해의 푸름과 홍해의 붉을 섞는다는 계획은 분명 미친 짓이었다. 하지만 19년이 지난 지금 오렐리앙 로슈페르가 바로 그 광기 덕을 보고 있었다.

운하를 만들 때 피 흘리며 잘린 대지는 맑은 물속으로 사라졌다. 그리고 하늘이 거대한 빛의 천들로 자신의 상처를 덮도록 내버려두고 있었다. 그날 저녁, 결코 만날 수 없던 두 바다의 놀라운 만남이 형성한 파도들의 떨리는 건축물 속에서, 배가 천천히 수에즈 운하의 맑은 물 위를 미끄러져 나아갈 때, 오렐리앙은 동양의 향내와 향신료 냄새를 맡으며 자신이 마침내 아프리카대륙의 테라스에 들어와 있음을 알았다.

11월 어느 아침, 오렐리앙은 아라비아반도의 끝에 있는 예멘의 아덴Aden항에 내렸다. 가진 것이라곤 용기와 태평한 마음뿐이었다.

아덴은 화산에 지어진 도시다. 거대한 분화구가 하나 있다. 천 개의 태양이 삼키는 황량한 땅은 오렌지 꼭지 주변의 껍질처럼 주름져 있었다. 도착하자마자 숨이 막히고 하루만 지나면 도망가고 싶은 곳이었다. 달구어진 숯처럼 빛을 발하고, 발아래에서 결코 꺼지지 않고 불이 타오르는,

암석 지대였다.

두 발이 아덴의 땅을 느끼자마자 오렐리앙은 이 화덕 속에서는 오래 머물 수 없음을 이해했다. 영국 식민지 때 스티머 포인트Steamer Point*라는 이름이 붙은 갯바위들이, 남쪽을 향하여, 바다로 빠져드는 것을 보면서 그 역시 남쪽으로 다시 떠나자는 외침을 들었다. 그에게는 이제 단 한 가지 생각뿐이었다. 홍해를 건너 아프리카의 심장 속으로 깊이 들어가는 것.

항구에서 맨 처음 만난 사람들에게 물었다.

"저는 금을 찾으러 왔습니다. 어디 가면 홍해를 건너는 소형 범선과 에티오피아의 하라르Harar로 데려다줄 낙타 상단商團을 만날 수 있을까요?

사람들이 배꼽을 잡고 웃기 시작했다. 그들 중 한 명은 이는 빠지고 잇몸은 괴사되어가면서 썩어 문드러져 녹색이었다. 그가 반감을 드러내려는 듯 땅에다 거무스름한 침

---

* 증기선들이 정박하는 갑岬.

을 뱉고 말했다.

"아프리카에는 아무것도 없어. 가난과 병과 죽음뿐이
야. 그곳에서 죽고 싶지 않으면 돌아가!"

"괜찮아요. 그래도 가겠어요."

오렐리앙은 가방을 들고 머리를 끄덕여 인사하고 시내
로 들어갔다.

그는 그랬다. 먼 곳에서 무언가 반짝거리면 직진이었다.

이 빠진 사람은 그 어떤 충고로도 이방인을 돌려세울 수
없음을 알았다. 그의 시야에는 보였다. 한 젊은이가 꿈을
쫓고 있었다.

아덴은 죽음의 도착을 기다리는 대기실이었다. 살려면, 왔던 길로 돌아가거나 홍해를 건너야만 했다. 아덴에 머물러 있는 건 서서히 죽어가는 것이었다.

오렐리앙은 강을 건너게 해줄 뱃사람과 적잖은 돈을 내면 하라르로 안내해줄 낙타 상단을 찾아내었다. 기름과 밀랍과 무기를 나르는 원주민 상인들이었다.

"어디로 데려다주면 되오?" 상인들이 물었다.

"끝까지 함께 갑니다. 성스러운 도시 하라르까지."

"동행하시오."

오렐리앙은 고개를 끄덕이고 상단에 합류했다.

오렐리앙을 빼면 여섯 사내였다. 태양과 모래바람에 그
을린 피부를 가진 그들이 오렐리앙과 함께 미지의 왕국을
향한 불가능한 여행을 위해 단봉낙타들 등에 오를 것이었
다. 모두 광기에 사로잡힌 자들이었다. 단장은 예멘 사람
이었는데, 눈동자가 밤처럼 검었고, 상처가 얼굴을 두 쪽
으로 가르고 있었다. 항상 차고 있는 초승달 모양의 긴 칼
이 허리를 두드렸다. 물욕에 취해 있는 그들은 하라르의
지배자에게 물건들을 팔러 가는 길이었다.

아침마다 오렐리앙은 낙타 시장이 열리는 광장에 있는 오귀스트 장비에Auguste Janvier의 대저택 앞에서 상단과 만났다.

거기에서 상단 사내들은 말없이 때를 기다렸다. 하지만 아침마다 단장은 심각한 표정으로 오렐리앙에게 출발이 또 연기되었다고 알려주었다.

"무엇을 기다리고 있나요?" 오렐리앙이 물었다.

"장비에 씨가 우리에게 돈을 주어야 하네."

오귀스트 장비에는 전설이 된 사람들 중 하나였다. 그는 성공 가도를 달리고 있는 상인이었고, 틀림없이 아덴에서 가장 아름다운 집의 소유자였다.

그는 여성과 원주민을 혐오했다.

그의 무게는 체중 백 킬로에 금 몇 톤을 합한 것이었다.

돈은 엄청나게 많았고 마음은 엄청나게 인색했다.

원주민 사내들은 오귀스트 장비에의 대저택 문 앞에서 사흘이나 기다렸다.

"오귀스트 장비에가 계속 돈을 주지 않아." 단장이 말했다.

"왜 주지 않는 거죠?" 오렐리앙이 물었다.

"제일가는 부자니까. 돈 있는 자들은 돈을 주지 않아. 그렇게 해서 제일가는 부자들이 된 거지."

"얼마를 받아야 해요?"

"기피 백 킬로 값으로 천 탈레르thaler를 받아야 해."

"하라르로 가는 이번 상단에 필요한 돈이군요."

"그렇지."

오렐리앙의 미간이 찌푸려졌다. 그리고 말했다.

"장비에 씨를 만나러 갑시다."

오렐리앙과 단장이 오귀스트 장비에를 만나러 갔다. 오렐리앙은 유럽인이기에 아덴에서 제일가는 상인의 집으로 들어가는 데 제약을 받지 않았다. 오귀스트 장비에에게는 기다린 적 없는 방문이었다. 그는 누구를 기다리는 사람이 아니었다. 허락도 없이 들어선 사무실에는 키가 위압적으로 크고 시선이 매서운 사내가 있었다.

"이곳에 들어와도 좋다고 누가 허락했소?"

"허락 없이 들어왔습니다. 이 사람에게 왜 돈을 지불하지 않습니까?" 오렐리앙이 단장을 가리키며 물었다.

머리부터 발끝까지 전신을 떨며 단장은 감히 아무 말도 못하고 있었다.

"줘야 할 돈이 없기 때문이오. 나는 비문명인들과는 거래하지 않소. 게다가 저자는 백인의 커피를 훔친 도둑임이 분명하오. 나는 도둑에게는 돈을 주지 않소."

"그러시다면 내게 돈을 주시면 되겠군요." 오렐리앙이 말했다. "내가 커피 주인이니까요. 아덴으로 커피를 가져가 팔아달라고 부탁했죠. 그러니 내게 천 탈레르를 지불해 주세요."

오귀스트 장비에는 놀랐지만 내색하지 않고 잠시 생각하더니 오렐리앙의 얼굴을 뚫어져라 바라보며 말했다.

"거짓말 마시오."

"내 말이 거짓말이라는 증거가 있나요?" 오렐리앙이 응수했다. "그런 식이면, 당신이 내 커피를 훔쳐가지 않았다는 증거도 없죠."

오귀스트 장비에가 미소 지었다. 그리고 주머니에서 지

폐 뭉치를 꺼냈다.

"자 여기 오백 탈레르를 가져가시오. 커피값은 낼 수 없고 운송비로는 그 정도면 됐소. 이제 물러가시오. 그리고 더는 원주민들을 위해 개입하지 않겠다는 약속을 해주시오. 당신 때문에 내 사업이 망하겠소."

오렐리앙은 돈을 받아 단장에게 주었다. 그리고 오귀스트 장비에의 시선에 맞대응하며 방에서 나왔다.

떠나기 전 덧붙였다.

"전혀 걱정 마세요. 내 약속은 금과 같습니다."

광장에서 기다리고 있던 사내들은, 단장이 돈다발을 흔들어 보여주자 환호했다.

"어떻게 감사해야 할지 모르겠소. 원하는 게 있으시오?" 단장이 물었다.

오렐리앙은 잠시 생각했다.

"성스러운 도시 하라르로 데려다주세요."

"그건 이미 정해졌소. 다른 것은 없소?"

"그자와 다시는 거래하지 않겠다고 약속해주세요."

상단은 그날 밤 바로 출발했다. 밤이 오기를 기다려 낙타들과 물건들을 소형 범선에 실었다. 오렐리앙은 말이 없었다. 주변에 보이는 것들에 행복했다. 마법에서 온 것들 같았다. 잠들어 있는 맑은 물, 향기 나는 더운 밤, 산호바다, 별빛들이 반짝이는 맑은 물의 경계 너머, 이제 멀리 보이는 현실 속 아프리카.

이튿날 그들은 아프리카대륙의 제일라Zeïla에 도착했다. 그 항구도시에서, 홍해 해변을 떠나 소말리아 사막으로 빠져들었다.

진짜 여행은 이제부터였다.

소말리아 사막은 끔찍한 곳이다. 낮 동안은 찌는 듯 덥고 밤은 몸이 얼어붙을 정도로 춥다. 바람은 쉬지 않고 불고 식물은 보이지 않으며 아름다운 돌들은 보기보다 위험하고 날카롭다. 뱀들, 전갈들, 야생 맹수들, 사막 부족들, 풍토병들과 갈증이 있는 곳. 무엇보다 태양이 있는 곳. 어디로 옮길 수도 없는 태양이었다. 손가락으로 건드릴 수 있을 것 같이 가까운 태양이었다.

　여행자들은 열기와 위험에 아랑곳하지 않고 그 길었던

2주 동안을 걷고 걸었다. 13일째 되는 날, 예멘인들 중 한 명이 야생 맹수의 공격으로 상처를 입었다. 그리고 상처들이 악화되어 사망했다. 며칠 후에는 정찰을 나갔던 두 명이 목축을 생업으로 하지만 여행자들에게 적대적이고 광적인 이슬람교도인 다나킬Danakil 부족민들에게 살해당했다.

네번째 사망자는 이질에 걸려 몇 시간 만에 숨을 거뒀다. 다섯번째 사망자는 말라리아를 이기지 못했다. 가지고 온 식량도 포기하고 걸었지만 계속 걷다보니 살아남은 두 사람 모두 기진맥진해졌다.

사막에서는 걸어가면 걸어갈수록 점점 더 죽음과 싸우고 있다는 느낌이 들었다. 매일매일이 같은 날이었다. 매 단계가 지옥이었고 걸음걸음이 고통이었다.

오렐리앙에게 소말리아 사막은 앞으로 닥칠 혼란의 시작이었다. 인생에서 처음으로 생명의 가치가 무엇인지 알게 되었다. 생명이 얼마나 깨지기 쉬운 것인지 알게 되었고, 때로는 물 한 방울이 생명에 값한다는 것도 알게 되었다. 사실 사막에서는 물이 금이었다.

마지막 남은 물방울이 오렐리앙의 입술 위를 흐를 때, 살아남은 두 사람은 서로를 바라보며 이제 그들의 생명은 얼마나 갈증을 견디느냐에 달려있음을 이해했다.

"걸어서 하라르까지 가는 데 이틀 걸리네. 그러니 반드시 밤낮 없이 걸어야 해. 아니면 죽음일세."

오렐리앙은 알았다는 표시로 고개만 끄덕였다. 불필요한 말을 해서 침을 낭비하고 싶지 않다고 생각했다.

하지만 낭비할 침 자체가 남아 있지 않았다.

갈증은 이상한 고통이다. 사람을 미치게 할 수 있다.

물을 마시지 못한 첫날 오렐리앙은 현기증을 느꼈다. 풍경에 집중하려 애썼지만 건조한 사막은 이제 공포일뿐이었다.

저녁에 잠시 쉴 때 오렐리앙은 자신이 곧 죽으리라 생각했다. 짐 싣지 않은 낙타들만이 갈증을 견디는 것 같았다.

"우리가 목적지에 도착할 수 있을까요?" 오렐리앙이 단장에게 물었다.

단장의 검은 눈동자가 오렐리앙의 시선에 붙박였다. 그리고 말했다.

"반드시 가야지. 목말라 죽는 건 내가 아는 가장 끔찍한 고통이야. 짐승들이 목말라 죽는 걸 보았지. 누구도 겪지 않길 바라는 고문이야."

오렐리앙이 잠시 생각한 후 말했다.

"인간도 일곱 번이나 생을 살 수 있을까요?"*

예멘인이 유럽인을 묘하다는 듯 쳐다봤다. 젊은이가 나이 많은 현인처럼 말하고 있었다.

"내가 어찌 알겠나. 완성되기 위해 시간이 필요한 영혼들이 있겠지."

"7은 좋은 숫자예요. 일곱번째 생은 금의 가치가 있을 거예요."

"그렇고말고. 부자가 될 수 있는 마지막 기회지."

둘 사이에 긴 침묵이 흘렀다. 바람의 음악만이 간신히

---

* 고양이가 생을 일곱 번 산다는 속설이 있다. 7은 완성의 숫자다.

들렸다.

"그렇다면, 걷고 또 걸어야죠." 오렐리앙이 일어나며 말했다.

"지치지 않았나?"

갈증으로 인해 마른 입술들 밖으로 오렐리앙이 혀를 내밀었다.

"아니오. 진정한 삶을 살아갈 때는 지치지 않습니다."

그날 밤, 오렐리앙은 사막 속에서 걸음을 옮기고 있었다. 그러면서 죽음의 순간에만 들 법한 생각을 했다. 삶이란 결국 한줄기 실을 이어가는 것이라는 생각이었다. 마시는 기쁨보다 갈증 해소의 욕구가 언제나 더 강력한 것임을 이해하는 날, 사는 기쁨보다 생존 욕구가 언제나 더 아름다운 것임을 이해하는 날과 같은 날들로 짜인 금실.

그는 결코 그 실에서 떨어지고 싶지 않았다.

다음날, 단장은 태양이 뜨기 전 어떤 뿌리에 맺혀 있던 이슬 몇 방울을 얻는 데 성공했다.

"자, 받아. 각자 세 방울씩이야." 단장이 말했다.

오렐리앙은 이슬을 입술로 가져갔다. 이슬 몇 방울이 금보다 훨씬 더 소중하다고 생각했다.

"오늘밤 우리는 하라르에 도착할 거다." 예멘인이 말했다.

"오늘밤 우리는 하라르에 도착할 거다." 오렐리앙이 따라 말했다.

그들이 하라르에 도착했다. 그리고 갈증에서 해방됐다. 그러나 사람들에게 붙잡혔다.

마을에 들어서자마자 그들은 우물로 달려갔다. 목을 축이자마자 무장한 사람들이 그들을 체포해서 하라르의 지배자인 군주 마코넨Makonnen 앞으로 데려갔다.

"넌 누구냐? 여기서 무얼 하고 있느냐?" 아비시니아 고관高官이 예멘인 단장에게 질문했다.

그는 책상다리를 하고 땅바닥에 앉아 있었다. 단출하게

허리 아래까지 내려오는 헐렁한 모래색 웃옷을 입고 있었다. 두 눈동자는 검고 생기가 있었고 계속 수염을 쓰다듬었다.

"저는 상인입니다. 기름과 밀랍과 무기를 가져왔습니다."

단장이 상품들을 꺼내놓았다. 군주가 단장에게 차가운 시선을 던졌다.

"기름과 밀랍은 내 백성들도 충분히 생산하고 있다. 경쟁의 고통을 줄 수 없다. 그리고 내 땅에서 무기 판매는 금지되어 있다. 따라서 너의 상품들은 모두 압수한다. 너는 불법 상행위를 했으니 도시 밖으로 추방한다."

단장이 큰 소리로 저항했지만 두 사람에게 붙들려 사라졌다.

"너는 누구냐? 여기에 무얼 하러 왔느냐?"

군주가 오렐리앙 쪽으로 몸을 돌리고 질문했다.

"저는 금을 찾고 있습니다."

"아비시니아에 금을 찾으러 왔다는 것이냐?"

"네. 그 목적뿐입니다."

"잘못 알고 왔다. 금같이 귀중한 건 여기에 없다. 기껏 해야 구리가 조금 있고, 그릇 빚을 때 쓰는 찰흙이 있을 뿐 이다. 이 땅이 품고 있던 금으로 된 모든 것은 내가 다 꺼 냈다. 더는 없다. 금은 한 덩이도 없다."

"그래도 한번 찾아보겠습니다."

"마음대로 해라. 그런데 금이 어디에 쓰이는지는 알고 있느냐?"

"꿈을 꾸게 해줍니다."

군주 마코넨은 사람들 사이에 있는 신이었다. 오렐리앙 로슈페르는 꿈들 사이에 있는 인간이었다. 말없이 눈빛만을 교환하며 두 사람은 그들의 시선 속에서 같은 금이 반짝이고 있음을 알았다.

"이슬람 율법을 지킨다면, 그대는 아비시니아 영토 어디든 다닐 수 있다. 이제 되었으니 물러가라!"

오렐리앙은 감사의 인사말을 했다. 그리고 큰절을 한 후 물러나왔다.

문 가까이에 이르렀을 때 그는 방으로 들어오는 젊은 여자와 시선이 마주쳤다. 너무 아름다워서 그는 한동안 멍해졌었다. 머리카락은 검고 빛이 났으며 피부는 꿀색의 구릿빛이었다. 그를 바라보더니 아무 말 없이 그의 앞을 지나 군주 앞으로 가서 무릎을 꿇었다. 오렐리앙은 방을 떠나기 전 마지막으로 군주를 향해 몸을 돌렸다.

"금을 찾으려면 어디로 가야 할까요?"

젊은이가 떠나기 전 그 질문을 하리라는 것을 알고 있었다는 듯 군주는 수염을 가다듬으며 바로 답했다.

"이미 말했듯 금은 없다. 집으로 돌아가는 것이 좋을 것이다."

오렐리앙은 떠나기 전 마지막으로 군주를 바라봤다. 그리고 곁에 있는 젊은 여자도 바라봤다. 그녀가 오렐리앙을 향해 잠시 머리를 돌렸다. 오렐리앙은 그녀 시선 속에 묘한 것이 있음을 즉시 알아보았다.

그녀의 시선은 바라보기만 해도 사랑의 독에 감염되는 것이었다. 시선 속에 들어 있는 불에는 마음에 치명적인 독이 들어 있었다.

그녀 시선에, 사라졌던 찌르는 통증이 오렐리앙의 내면에서 되살아났다. 꿀벌에 쏘여 생긴 통증 같았는데, 독침을 뺄 길 없는 사랑의 고통이었다.

이튿날, 오렐리앙 로슈페르는 궁으로 되돌아가 군주 앞에서 무릎을 꿇고 요청했다.

"그녀 이름을 가르쳐주세요."

전날 잠시 만난 젊은 여자에 대해 말하고 있었다. 군주는 책상다리를 하고 앉아 그를 한참 바라본 후 물었다.

"그녀에게 왜 관심이 있는가?"

"꿈속에서 본 여인과 닮았기 때문입니다."

군주는 웃기 시작했다.

"꿈들을 따라가면 안 된다. 그녀를 잊는 게 좋을 거다."

그리고 군주는 손짓을 했다. 오렐리앙은 그것이 물러가라는 표시임을 이해했다.

다음날에도 오렐리앙은 젊은 여자의 모습에서 벗어날 수 없었다. 다시 군주를 보러 갔다.

"그 여자가 누구인지 가르쳐주십시오."

"그 여자가 누구인지 나는 모른다. 누구도 그녀가 누구인지 모른다. 갈라galla족 여자들은 자신을 드러내지 않는다."

"이름은 몰라도 됩니다. 지금은 어디에 있을까요?"

다시 한번 군주는 얼버무리며 답했다.

"그녀가 지금 어디 있는지는 아무도 모른다. 어쩌면 멀리 산지山地에 있는 자신의 마을로 돌아갔겠지."

"멀리에 있는 어떤 산지를 말씀하시나요?"

군주가 파리를 쫓는 듯한 모호한 동작을 했다. 더는 말하지 않겠다는 표시였다.

오렐리앙은 한숨을 쉬고, 일어나서, 물러나왔다.

다음날에도 오렐리앙 로슈페르는 궁을 방문했다. 이번이 네번째였다. 군주 앞에 무릎을 꿇고 요청했다.

　　"그녀가 누구인지 말씀해주세요."

　　"정말 너는 노새보다 고집이 세구나. 이미 말했다. 그녀는 갈라족 여자다."

　　"그녀가 지금은 어디 있을까요?"

　　군주는 이번에는 입을 다물었다.

　　요청이 소용없음을 한번 더 겪은 오렐리앙이 일어나 물

러나려고 할 때 군주가 기다리라는 표시를 했다. 그리고 천천히 수염을 쓰다듬으며 말했다.

"네가 같은 질문을 세 번 했다. 세 번 이어서 거짓말하는 것은 관습에 어긋나니 답하마. 꿀벌들의 나라에 가면 원하는 것을 찾을 수 있을 것이다."

군주의 목소리가 이슬람 회당의 첨탑 꼭대기에서 기도 시간을 알리는 사람의 큰 목소리처럼 울려퍼졌다. 오렐리앙은 오래 말이 없었다. 이윽고 신들만이 아는 비밀을 말하듯 목소리를 낮춰 반복했다.

"꿀벌들의 나라라고요?"

"그렇다. 그것은 꿀로 가득찬 벌집들이 있는 벼랑들의 산이다. 사람들이 '꿀벌들의 절벽'이라 부르는 낭떠러지들이다. 그 산 하나에 들어 있는 꿀의 양이 아비시니아 전체에 들어 있는 꿀의 양보다 많다고들 한다."

오렐리앙은 군주의 말이 참말인지 거짓말인지 알 수 없었지만, 자신의 두 눈을 똑바로 바라보고 있는 그를 보면서 도움을 주려는 말이라고 판단했다.

"꿀벌들의 나라가 어디 있나요?"

"갈라족 영토의 고원 지대에 있다."

군주 마코넨이 말없이 수염을 가다듬고는 오렌지 하나를 집어 씹어 먹었다. 과즙이 손 위로 흘러내렸고, 금金 세 방울이 다져진 땅바닥에 떨어져, 작은 먼지구름 세 채가 솟아올랐다.

"거기로 가겠습니다. 가서 그녀를 찾겠습니다." 오렐리앙이 말했다.

"꿀벌들의 절벽은 성역이라는 것을 잊지 말라."

"성역인데 왜 제게 알려주셨습니까?"

"너는 어떻게든 꿈을 향해 갈 것이기 때문이다. 알아두어라. 꿀벌들의 절벽의 공간으로 들어갈 때 너는 갈라족의 법을 위반하는 것이다. 죽임을 당할 위험이 있다."

오렐리앙은 존재하지 않는 수염을 손가락들로 가다듬으며 오래 생각했다.

"이제 그 위험을 감당할 준비가 되었습니다."

하라르에 도착한 이후 다섯번째 날, 군주가 사람들을 시켜 오렐리앙을 불렀다.

"네가 시도하려는 건 위험한 여행이다. 솔직히 말하면 나는 네가 원하는 것을 결국 찾으리라 확신한다. 그러나 바로 후회하리라는 것도 알고 있다. 아덴으로 돌아가라. 거기서 다시 바다를 거쳐 고향으로 돌아가라." 군주가 말했다.

"제게는 아프리카가 필요해서 그럴 수 없습니다. 다시

말해 그녀가 필요합니다."

군주가 알겠다는 표시로 고개를 끄덕였다. 그는 종들 중 한 명을 불러오게 해서 명령을 내렸다. 잠시 후 종이 돌아왔고 군주가 오렐리앙에게 은으로 만든 상자를 하사했다.

"열어라." 군주가 말했다.

오렐리앙이 뚜껑을 열자 최고 순도의 금에 새겨진 작은 꿀벌 두 마리가 나타났다.

"그 꿀벌들은 이제 네 것이다. 네가 그것들을 바라볼 때마다 내가 떠오를 것이다. 너의 꿈과 아프리카가 떠오를 것이다."

그날 이후 한 주가 지났다. 오렐리앙 로슈페르는 하라르 시를 떠나 꿀벌들의 절벽으로 향했다.

위험한 길들을 가는 것이니 안전을 위해 안코베르Ankober로 가는 상단을 이용했다. 다섯 사내로 구성된 상단은 르 파랑지le Faranji라는 이름의 프랑스인이 이끌고 있었는데, 메넬리크Menelik 왕에게 무기들을 팔러 가는 길이었다.

"당신은 누구요? 어디로 가시오?" 단장이 오렐리앙에게 물었다.

"저는 금을 찾는 사람입니다. 하라르에서 서쪽으로 걸어서 칠 일 걸리는 곳으로 가고 있습니다."

"상단에 합류하려면 오십 탈레르를 내고 식량을 나눠주시오."

오렐리앙은 요구받은 돈을 지불했고 단장은 항상 차고 다니는 전대纏帶에 돈을 미끄러뜨려 넣었다.

상단이 출발했다. 그리고 밤이 올 때까지 누구도 한마디도 말하지 않았다. 밤이 오자 우물 가까이에서 야영하기로 결정했다.

불가에서 식사를 마친 후 르파랑지가 침묵에서 나와 오렐리앙에게 물었다.

"그 산지에는 금이 없소. 솔직히 말해보시오. 무얼 찾으러 거길 가는 거요?"

오렐리앙은 동행인이 잘 속지 않는 사람이라는 것을 알았다. 오렐리앙은 가방에서 담배 한 개비를 꺼내 숯불로 불을 붙인 다음 천천히 한 모금 들이마시고 연기를 내뿜고 나서 답했다.

"꿀벌들의 절벽을 찾아갑니다."

르파랑지의 생기 있는 두 눈이 오렐리앙에게 고정되었다.

"아주 오래전 어떤 노인이 그곳에 대해 말해준 적이 있소만 실제로 존재하는 곳인지는 몰랐소. 누가 그곳에 대해 말해주었소?"

"꿈이 말해주었지요."

르파랑지는 말이 없어졌다. 하늘을 향해 고개를 들어 밤에 별들이 반짝이는 광경을 오래 쳐다보았다.

"꿈이 말해주었다면 찾아가야겠지요."

출발한 다음날, 상단은 일시적으로 나타났다 사라지는 강가에 멈췄다. 낙타들이 목을 축일 수 있었다. 식사를 마치고 사내들은 땅에 자리를 깔고 누워 잠들었다.

르파랑지는 작은 흰색 해포석海泡石 파이프에 마른 담뱃잎을 가득 채운 후 별들을 쳐다보며 피우기 시작했다. 오렐리앙이 조용히 다가가서 마주보고 앉았다.

"프랑스에 계실 때는 무슨 일을 하셨나요?" 오렐리앙이 물었다.

"방향을 잃고 아무 일도 하지 않고 지냈소. 무료했지."

"무료해서 아프리카로 오신 건가요?"

"그렇소. 그런데 여기에서는 더 방향 없이 지내고 있소. 나는 저주받았소. 이제는 고향으로 돌아가 혼인하고 싶소만, 돈이 없다면 누가 나를 원하겠소?"

오렐리앙은 답하지 않았다.

"당신은 무엇을 했소?"

"저는 꿀벌들을 키웠습니다."

"그래서 꿀벌들의 절벽을 찾고 있는 거요?"

"아닙니다. 금을 찾으러 왔습니다. 그리고 한 여인과 마주쳤습니다. 꿈에서 본 여인이지요. 그리고 이렇게 꿀벌들의 지역에 와 있습니다. 우연의 일치이지요."

"우연이라는 건 없소." 르파랑지가 말했다.

그렇게 말한 후 담배 연기를 내뿜었다. 별들이 새겨져 있는 금색 목도리를 두르고 있었다.

아침에 눈을 뜨며 오렐리앙은 깔아놓은 요 아래서 뭔가 움직이고 있음을 느꼈다.

"그대로 있으시오. 옆으로 천천히 몸을 돌려요." 르파랑지가 말했다.

오렐리앙은 하라는 대로 했다. 모래 위에서 몸을 굴렸다. 그리고 자신이 전갈들 위에서 잠을 잤음을 알았다.

"전갈들은 항상 온기를 찾는 법이오. 특히 추운 밤에는. 이제 알겠죠."

오렐리앙은 동행인에게 고마움을 표했다.

"내게 고마워할 건 없소. 어떻게 생존할 수 있는지 방법들을 가르쳐주는 사막에 감사하시오."

이어지는 날들 동안 사내들은 아무 말 없이 걸었다. 너무 더워서 말하는 데 힘을 써버릴 수 없기도 했다.

출발 후 여섯번째 날에, 그들은 몇 마리 양을 팔러 하라르의 장터로 가는 갈라족 사람들과 마주쳤다. 르파랑지가 그들에게 꿀벌들의 절벽으로 가는 길을 물었다. 그들은 자신들의 지역어로 답하고 가던 길을 계속 갔다.

"당신이 찾는 곳이 그리 멀지 않다고 하네요." 그가 오렐리앙에게 알려줬다.

그리고 손으로 지평선 한쪽 끝에 보이는 고지대를 가리켰다. 견고한 신기루 같았다. 다른 쪽 끝에는 돌사막이 보였다.

그가 말했다. "바로 저 너머에 당신의 운명이 있소."

"당신은요. 어디로 가시죠?"

사내가 마른 얼굴을 하늘을 향해 내밀었다. 빛줄기들에 의해 땅에 못박힌 것 같았다.

"이곳이 아닌 곳으로 가야지. 이곳은 이제 너무 편안해."

꿀벌들의 절벽은 갈라족 지역의 오지들 중 한 곳의 높은 지대에 있었다. 꼬박 칠 일을 걸어서 상단은 세상과 단절되어 있는 듯한 장소에 들어섰다. 그곳 날씨는 신선하고 최고였다. 비탈들에는 뜻밖에 초목들이 무성했다. 멋진 풍경이었다.

그날 저녁, 산속에 있는 두 개의 바위 절벽 사이로 난 작은 길을 가리키며 르파랑지는 오렐리앙과 헤어졌다.

"저 길이 당신의 길입니다. 행운을 빌어요."

"저도 행운을 빕니다."

상단은 안코베르로 가는 길로 향했다. 바위 뒤로 르파랑지의 모습이 사라졌다.

오렐리앙은 이제 혼자라는 사실을 깨달았다. 바람과 돌들과 사막과 자신의 꿈만이 함께 있었다.

하지만 전혀 두렵지 않았다. 혼자였기 때문에 오히려 정말 사막에 있는 것 같았다. 그는 심호흡을 했다. 까마득한 곳에 붉은 지평선이 보였다. 사막 한가운데서 혼자였다. 그 상황이 그에게 강한 힘을 주었다. 주변 모든 것이 그의 것이었기 때문이었다. 침묵까지도 그의 것이었다.

오렐리앙은 태양을 마주보고 섰다. 입술이 바람에 따가웠다. 그는 살아 있었다. 행복했다.

몇 시간 쯤 돌칼같이 날카로운 돌들 위를 걸었다. 도달한 곳은 동서남쪽에는 천 걸음 넘는 벼랑이 있고, 북쪽에는 급격한 수직 절벽이 솟아 있는 고지대의 평지였다. 작은 길을 따라 계속 걸으니 절벽 아래에 이르렀다. 막다른 곳이었다. 오렐리앙은 절벽을 따라 걸으며 올라갈 수 있는 방법을 찾아보기로 했다. 그러나 그 거대한 벽은 넘어설 수 없는 것이었다.

그가 돌아서려 했을 때 가까운 곳에서 무슨 소리가 들렸다. 그는 귀를 쫑긋하고 들었다. 바로 그때 그 앞에 놀라운 광경이 펼쳐졌다. 사막 한가운데서 샘을 만난 것이다.

샘은 마법처럼 바위에서 솟아오르고 있었다.

천 년 전부터 거기에서 흐르고 있었다.

물은 어디에서도 흘러온 것이 아니었다.

거기에 있었다. 사막 한가운데, 기적처럼.

물이 사막 한가운데 있었다. 생명이 사막 한가운데 있었다.

땅에 무릎을 대고 순수한 물을 한참 동안 마셨다. 갈증
이 가시자 일어나서 돌들 사이로 흐르는 가는 물줄기를 따
라갔다.

그때였다. 또다른 음악이 들렸다. 이번에는 물소리보다
소란스러운 붕붕거리는 소리였다. 소리가 오렐리앙의 귓
속으로 들어와서 울려퍼졌다. 오렐리앙이 절벽을 향해 고
개를 들었다. 그리고 여행의 끝에 도착해 있음을 알았다.

그는 꿀벌들의 절벽 아래에 와 있었던 것이다.

수많은 초대형 벌이 머리 위에서 날고 있었다. 붕붕거리는 소리가 너무 심해서 잠시 만에 귀가 먹먹해졌다. 절벽에 사는 수백만 마리 벌이 검은 바위에 찍힌 금박 점들 같았다. 그 벌들 속에 공중에 뭔가 사람 같은 것들이 떠 있었는데 절벽과 구별이 잘되지 않았다.

그들은 조심스럽게 움직이고 있는 꿀 채집꾼들이었다. 그들 중 한 사람은 줄사다리에 매달린 채 꿀주머니에서 꿀벌떼를 떼어내려 애쓰고 있었다. 막대기로 꿀주머니를 뚫어서 꿀을 단지에 담고 있었다. 검은 바위를 따라 금물처럼 꿀이 흘러내렸다.

그 사람이 놀랄 만한 민첩성으로 줄사다리를 타고 아래로 내려왔다. 다른 세 사람은 꿀로 채워진 단지를 신중하게 절벽 위로 끌어올렸다. 절벽 아래로 내려온 사람이 얼굴을 보호하고 있던 천을 벗었다.

오렐리앙은 놀랐다. 그 꿀 채집꾼은 여자였다.

아름다운 여자였다. 그녀가 오렐리앙을 바라봤다. 꿀벌들의 공격으로부터 보호해주던 천 작업복을 벗자 갑자기 벌거벗은 그녀 몸이 드러났다. 아래쪽만 가려져 있었다.

그녀가 단지 안에 손을 넣고 손가락들로 밀랍을 으깨어 꿀을 꺼냈다. 그리고 믿을 수 없을 만큼 천천히 손을 입으로 가져갔다. 그녀의 피부 위로 금이 흘러내리고 있었다. 그 광경을 보며 오렐리앙은 기쁨에 몸을 떨었다.

젊은 여자가 절벽을 따라 흘러내리는 가는 물줄기 아래

로 갔다. 몸을 닦은 후 오렐리앙에게 다가와 손을 잡고 말

없이 마을로 데려갔다.

"나는 금을 찾으러 왔습니다." 오렐리앙이 말했다.

여자는 낯선 언어를 이해하지 못했다. 그가 입을 열어 프랑스어를 말할 때마다 웃었다.

마을은 임시 야영지에 불과했다. 평지의 남쪽 절벽 바로 앞에서 바위 장벽을 등지고 있었다. 발견하려면 높은 공중에서 위험하게 몸을 기울여 내려다봐야만 했다. 오렐리앙은 이 신비한 부족이 벌통 같은 주거지를 만들었다고 생각했다. 갈색 토탄土炭으로 만든 오두막들이 나란히 지어져 있는 것이 벌집들 같았다. 중앙에는 여왕의 집이 있었다. 꿈에서 본 금색 피부를 가진 여인, 즉 군주 마코넨의 궁정에서 마주친 여인이 여왕이었다. 사람들이 오렐리앙을 여왕의 집으로 데려갔다. 거기에서 그는 여왕이 오기를 기다렸다. 오렐리앙은 금세 그녀가 중요한 역할을 하고 있음을 깨달았다. 그녀가 부족의 남자들과 여자들을 통솔하고 있었다.

여자가 집으로 들어오면서 집안 가운데서 책상다리를 하고 앉아 있는 오렐리앙을 보았다. 그를 한참 뚫어지게 바라보더니 마주보고 앉아 박수를 쳤다. 그러자 바로 두 사내가 과일로 가득친 바구니와 손잡이가 딜린 둥근 물병과 꿀이 가득 든 단지를 가져왔다.

그녀가 과일 하나를 손으로 잡아 꿀에 담갔다가 관능적으로 사람 마음을 흔들며 입술로 가져갔다. 꿀 한 방울이 믿을 수 없는 속도로 천천히 입에서 흘러내려 목을 지난 후 젖가슴 위에서 미끄러졌다.

오렐리앙은 눈으로 그 한 방울을 놓치지 않고 쫓으면서

세 번이나 침을 삼켰다. 그가 고개를 들었을 때였다. 놀란 그의 두 눈 속으로 검은 두 눈이 감미롭게 빠져들어오고 있었다.

여왕이 그를 보며 환하게 웃었다. 그리고 과일 하나를 잡고 꿀을 바른 다음 이번에는 오렐리앙의 입으로 가져왔다. 그는 아이처럼, 그녀가 하는 대로 내버려두었다.

여왕의 시선 속에서 거대한 태양 전체를 보고 있는 것 같았다. 그 시선에서 눈을 떼지 않고 과육을 한입 물었을 때, 어떤 이상한 부드러움이 몸속으로 밀려드는 것 같았다.

그날 저녁, 그를 환영하는 부족 잔치가 벌어졌다. 과일들과 로열젤리와 꿀이 차려진 큰 쟁반이 오렐리앙에게 제공되었다. 악단이 혼을 흔드는 리듬으로 북을 치기 시작했고 여자들이 불 주변에서 춤을 췄다.

여왕은 말없이 공연에 참석했다. 음악에 맞춰 이따금 손뼉을 쳤다. 책상다리를 하고 불 앞에 앉아 있었고, 오렐리앙은 그녀 왼편에 나란히 앉아 있었다. 그녀는 앞을 보고 있었다. 둘은 서로 눈길 한 번 주지 않고 식사를 했다. 식

사를 마친 후 여왕은 그의 손을 잡고 자신의 집으로 데려
갔다.

그날 밤, 밖에서는 잔치가 계속 이어지고, 여왕과 오렐
리앙은 사랑을 나눴다. 낯설고 집요한 방식의 사랑이었다.

그녀는 끈질기게 사랑에 집착하며 두 눈으로 그를 먹어
치우고 있었다.

어둠 속에서 두 불길이 빛을 내고 있는 것만을 보면서
오렐리앙은 삶이 주는 아름다움에 천천히 빠져들고 있
었다.

아침에 깨어났을 때 그는 현실의 침에 찔려서 아름다운 꿈에서 나오는 것 같았다.

눈을 비비고 멍한 상태로 어젯밤을 기억했다. 잠자리에서 일어나 주변을 둘러보았다. 금색 피부를 가진 여인은 더이상 보이지 않았다.

그는 집밖으로 나왔다. 태양은 중천에 떠 있었고, 무거운 침묵이 마을을 누르고 있었다. 혼자였다.

그는 절벽을 향해 뛰었다. 거기에도 아무도 없었다. 거대한 꿀벌 수백 집단만이 지치지 않고 꿀을 따서 검은 바위에 저장하고 있었다. 일꾼들과 그들의 여왕은 사라져버렸다.

그는 인정하지 않을 수 없었다. 잊을 수 없는 관계 후 금색 피부를 가진 여인이 그를 떠났다는 것을.

오렐리앙은 여왕의 집으로 돌아왔다. 그리고 자신의 여행 가방 위에 놓여 있는 낯선 보석을 발견했다.

금으로 만든 꿀벌이었다. 금덩어리에 꿀벌 한 마리가 새겨져 있었다. 오렐리앙은 보석을 손에 들고 들여다봤다. 그리고 셔츠 주머니에 밀어넣었다.

아무도 없는 조용한 마을을 마지막으로 물끄러미 바라봤다. 현실로 돌아올 준비를 한 후 자신이 들어 있던 꿈 방울을 터뜨렸다.

오렐리앙은 사라진 부족과 갈라 여인을 찾으려고, 길고 길었던 몇 주 동안 아비시니아의 다른 고원들을 헤매고 다녔다. 그러나 소용없었다. 그녀도 찾지 못했고 단 한 마리 꿀벌도 보지 못했다. 금도 찾지 못했다. 하지만 그는 자신 안에 영원히 새겨진 것들을 지니게 되었다. 태양에 의해 구릿빛이 된 피부의 낯선 맛과, 금색 가슴 위에서 천천히 미끄러지던 꿀 한 방울의 잊히지 않는 모습을 갖게 되었다.

오렐리앙 로슈페르는 하라르에 돌아와서 곧장 군주 마코넨의 궁정으로 갔다. 그가 다시 나타난 것을 보고 군주는 놀라움을 감추지 못했다.

군주는 신하들에게 모두 방에서 물러가라고 명했다. 모든 문을 닫고, 젊은이에게 자기 앞에 앉으라고 말했다.

오렐리앙은 참았던 질문을 바로 했다.

"그녀는 어디 있나요?"

군주가 말했다.

"나는 네가 살아 돌아오리라고 생각하지 못했다."

침묵.

"그래 너는 결국 그녀를 만났구나. 그리고 사랑을 나눴구나. 너의 시선이 그것을 말해준다. 네가 이 방에 들어올 때 나는 이미 그것을 알았다."

"그녀는 지금 어디 있나요?"

"아무도 모른다. 그 부족은 일 년 내내 찾을 수 없다. 오직 한 번, 매년 같은 날에, 꿀을 따러 절벽에 간다. 그리고 사라진다."

다시 침묵. 좀더 긴.

"그렇다면 절벽으로 돌아가야겠군요."

"안 된다." 군주가 말했다.

"금색 피부를 가진 여인은 자신의 정인情人들과 오직 하룻밤만 같이 지내기 때문이다. 하룻밤 이상을 지내는 건 자신의 사형선고에 동의하는 것이다."

군주가 진실을 말하고 있다는 것을 알았지만, 오렐리앙은 동요하지 않았다. 여왕이 다음날 떠나면서 자신의 목숨을 구했는지도 모르겠다고 혼자 생각했다.

"그래 금 꿀벌은 가지고 있나?"

오렐리앙은 주머니에서 금 꿀벌을 꺼내서 군주에게 보여줬다.

그들은 한동안 말이 없었다.

오렐리앙이 일어나서 방을 떠나려고 했다.

"너는 그 여인을 결코 잊을 수 없을 것이다." 아비시니아인이 말했다.

오렐리앙은 궁정을 떠났고 다시는 돌아가지 않았다.

II

붉은 태양이 뜬 어느 아침, 아덴시로 들어오는 상단이 있었디. 여행자들 중에는 오렐리앙 로슈페르리는 시내가 있었다. 그는 아비시니아의 여러 사막들에서 길고 긴 몇 달을 보냈다.

몸 전체에 먼지 막이 쌓여 있었지만 그의 피부는 꿀처럼 구릿빛이 났다.

상단과 헤어진 후 우물가로 걸어가서, 쓴 오렌지 껍질 향이 나는 물을 한참 마셨다. 새벽의 신선함 속에서 그는

근동近東 지역의 하늘 속에서 하나둘 별들이 지고 있는 풍
경을 바라봤다. 이곳으로 되돌아오기까지 달 아래서 단봉
낙타를 타고 수백 킬로미터를 주파했다. 그 장시간의 이동
에 그는 지쳐버렸다. 기진맥진한 채 모래 위에 자리를 깔
고 야자나무 그늘에서 잠이 들었다.

　잠에서 깨어났을 때 태양은 중천에 떠 있었다. 우물가에
서는 천으로 얼굴을 가린 여자들이 물을 길어올리거나 그
를 바라보고 있었다. 오렐리앙은 인사를 하고 영국 구역이
어디 있는지 물었다. 대영제국의 영사와 만나고 싶었다.
그녀들의 언어로 표현을 했지만 아무도 대답하지 않았다.
일부 여자들은 웃기만 했고, 일부 여자들은 웃음을 터뜨리
며 신기한 동물 좀 보라는 듯이 손가락질을 했다. 얼굴은
모래를 뒤집어쓰고 있었고, 땀 때문에 옷이 몸에 착 달라
붙어 있었으니, 걸인으로 보였던 것이다. 그녀들 중 가장
어린 여자만이 그에게서 유럽인의 얼굴을 알아봤다. 그녀
가 다가와서 말했다.

　"당신이 찾는 사람은 도시의 남쪽 진입로 쪽에 있어요.

하얀 건물에 사무실이 있습니다. 하지만 지금 상태로는 그를 만나러 갈 수 없겠죠."

그녀는 불에 구워 만든 커다란 흙항아리를 들고 있었다. 그녀가 항아리에 담긴 것을 오렐리앙의 머리카락에 천천히 부었다. 소중한 물이 몸을 따라 흘렀고 오렐리앙은 기쁨에 몸이 떨렸다. 항아리가 다 비었을 때 그가 여인을 향해 몸을 돌리고 짧게 말했다.

"고마워요."

그리고 배낭을 뒤져서 군주가 자신에게 준 은상자를 꺼냈다. 상자에는 금벌이 세 마리 있었다. 한 마리를 여자에게 내밀었다. 그녀가 깜짝 놀란 눈으로 쳐다봤다.

"이 보석은 이제 당신 거예요. 행운을 가져다줄 겁니다."

"길을 가르쳐드렸을 뿐인데 너무 과분합니다. 받을 수 없어요."

젊은 여자가 손에 놓인 보석을 돌려주려 했다. 그러자 오렐리앙이 그녀 손을 접었다.

"단순한 정보 값이 아닙니다. 내가 목말랐을 때 당신

이 물을 주었지요. 모두 입 다물고 있을 때 말을 주었습니다."

그녀가 자신의 손 우물 속에서 빛나고 있는 금을 내려다봤다. 그리고 낯선 남자를 뚫어지게 바라봤다.

"당신은 누구죠? 어디에서 오셨죠?"

그녀가 물었다.

오렐리앙은 미소 지었다. 작고 신선한 물방울들로 여전히 젖어 있는 그의 금발이 태양보다 눈부셨다. 마음이 무거워진 그가 작은 목소리로 말했다.

"나는 꿈입니다. 나는 한 편의 꿈에서 왔어요."

한참 말이 없던 그가 덧붙였다.

"그런데 이제 나는 그 꿈이 무엇인지 잘 모르겠어요."

오렐리앙은 도시의 남쪽 진입로 쪽으로 향했다. 한참 동안 좁은 골목들을 걸어서 남쪽 진입로로 가는 길로 들어섰다. 아무도 그를 쳐다보지 않았다. 부딪힌 사람들이 있었지만 고개를 들어 그를 보지 않았다. 마치 모두에게 보이지 않는 존재가 된 것 같았다.

대영제국 영사관에서 그는 면담을 청했다. 칠흑빛 피부의 나이 많은 직원이 방으로 안내하고 기다리게 했다. 방 창문은 길을 향해 열려 있었는데 블라인드가 쳐져 있었고 나무살들 사이로 빛이 들어오게 되어 있는 덧문은 젖혀져 있었다. 땅에서 일어나서 하늘로 올라가는 가차없는 열기 때문에 도시의 소음이 알아들을 수 없는 노래처럼 되어 방으로 들어왔다. 영사는 오렐리앙을 기다란 초록색 파리들이 날아다니는 사무실에서 맞았다. 그는 오렐리앙이 매우 젊은 사람이라는 데 놀랐고, 오렐리앙에게서 뿜어나오는 신비한 기운에 놀랐다. 아덴에서 헤매고 있는 이 남자는 무얼 하고 있었는가? 그것도 혼자서 무얼 하고 있었는가? 초점 잃은 그의 시선을 보며 영사는 남자가 아프리카를 오래 돌아다녔음을 알아차렸다.

"젊은 선생. 실례가 안 된다면 어디에서 오셨는지 알고 싶군요."

"아비시니아에서 왔습니다. 좀더 정확히 말하면 하라르에서 왔습니다."

영사는 두려움에 몸을 떨었다. 젊은이는 가장 대담한 탐험가들조차 목숨 걸고 들어가는 적대적인 지역에서 살아돌아왔다고 말하고 있는 것이다.

"하라르는 위험한 곳이오. 그곳으로 가는 길은 멀고도 험난하죠. 길을 잃기 십상입니다. 태반이 목숨을 잃고, 누구도 온전히 돌아올 수 없습니다."

"저도 알고 있습니다. 아비시니아는 저를 삼 년 동안이나 놓아주지 않았지요."

"아비시니아에서 삼 년을 있었다고 했습니까? 솔직히 당신 말을 믿기 어렵군요."

"사실입니다."

"그렇다면 삼 년 동안 그곳에서 무엇을 하셨죠?"

"꿈을 꿨습니다."

오렐리앙은 아주 천천히 이마에 있는 땀을 닦고 뒷목을 주물렀다. 숨막히는 더위였다. 영사는 젊은 남자가 진실을 말하는지 아닌지 알 수 없었다. 여행자의 동작들은 그가 극도로 피곤하다는 것을 말해주고 있었다.

"또 무엇을 했나요?"

답이 없자 영사가 터놓고 말했다.

"내 호기심을 용서해주세요. 숨기지 말고 충분히 말해

주기 바랍니다."

"금을 찾으러 다녔습니다."

영사가 일어나 큰 걸음으로 걸어다녔다. 그러다 창문 앞에서 아덴이라는 불안불안한 도시를 물끄러미 내다봤다. 오렐리앙을 향해 몸을 돌리고 말했다.

"정말 금을 찾으러 다녔을지도 모르지만, 당신 자신을 찾으러 다녔을 수도 있지요."

그리고 유감이라는 듯 덧붙였다.

"금도 자신도 찾지 못하셨네요. 당신을 보면 확신이 듭니다."

오렐리앙은 자신의 이야기를 이 사람에게 하는 것이 전혀 도움이 되지 않겠다고 판단했다. 권태가 배어나오는 사무실에 주저앉아 있을 뿐인 사람이 아비시니아와 갈라 여인에 대해 이해할 수 있을까? 그가 꿀벌들의 절벽과 삼 년이나 이어진 방황을 이해할 수 있을까? 그는 입을 닫았다. 그리고 영사의 모든 말에 대해 가볍게 고개를 끄덕여주었다.

"당신이 처음이 아닙니다. 많은 사람들이 이곳을 지나갑니다. 그 절대를 찾는 여행자들, 그 금을 찾는 사람들은 실은 살아야 할 이유를 찾고 있는 거지요. 그들은 척 보면 식별할 수 있어요. 그들은 전보다 더 빈손으로 돌아옵니다. 헛된 생각마저 사라졌으니까요. 자, 젊은 선생. 이제 묻겠소. 내가 무엇을 도와드릴까요?"

시간이 흘렀다. 햇빛에 흠뻑 젖어 있던 젊은 남자의 속눈썹이 작은 나방처럼 날갯짓을 했다.

"집으로 돌아갈 수 있도록 도와주시겠어요?"

집으로 돌아가는 중에, 아덴에서 마르세유로 가는 배 안에서, 오렐리앙은 이질에 걸리고 말았다. 너무 아파서 이번에는 바다를 건너는 것이 다만 긴 시련일 뿐이었다. 그는 기적적으로 살아났다.

여행중 유일한 위안은 지나칠 정도로 독특한 사람과의 만남이었다. 보기 드물게 웅변적인, 특별한 광기를 갖고 있는, 이폴리트 루아죌Hyppolyte Loiseul이라는 사람이었다. 그는 기술자였다. 아프리카에서 여러 대형 사업에 참여했다. 그의 말에 따르면 그는 프랑스 정부를 위해, 튀니지의 수도 튀니스의 고관을 위해, 인류를 위해 일했다.

아를에서 만난 화가처럼 이폴리트 루아죌도 특이한 사람이었다. 그를 한 가지 색으로만 그려야 한다면 정말 곤란했을 것이다.

그가 웃으면 유리창들이 흔들렸다. 담배를 태울 때는 꿈속에 있는 듯했다. 그러다 말을 할 때는 목소리를 높이고 강하게 말했다. 무엇보다 그는 모든 것에 대해 말했다.

오렐리앙이 칠 일 동안 앓아누웠을 때 이폴리트가 머리맡을 지켜주었다. 그는 자신의 여행과 자신이 참여한 사업과 자신의 광기 들에 대해 이야기했다.

오렐리앙은 말없이 듣기만 했다. 좀더 잘 상상하기 위해 눈을 감고서 자신을 조용히 흔들어주는 목소리에 자신을 맡겼다.

그가 말하고 있었다.

"사실이야. 나는 거기에서 왕이었어. 아프리카에서. 튀니지의 카르타고와 사하라사막을 잇는 길을 만든 사람이

나야. 그리고 많은 여성을 사귀었지."

"나는 오직 한 여자하고만 사랑을 했지요. 그녀는 꿀처럼 구릿빛이 나는 피부를 가졌고, 꿀벌들을 통솔했어요."

오렐리앙은 방금 비밀을 배신했다. 하지만 갈라 여인은 이제 아주 멀리 있어서 그의 말을 들을 수 없었다. 오늘 그의 말을 듣는다 해도 자신을 비난하지 않으리라 자신했다. 그는 두 마리 금 꿀벌을 꺼내서 루아죌에게 보여주었다. 기술자는 갑자기 입을 다물었다. 그리고 아주 천천히 시가에 불을 붙이고는 말했다.

"그녀에 대해 말해주게. 꿀벌들에 대해서도 말해주게."

오렐리앙이 이야기를 끝냈을 때, 두 사람은 둘 사이에 흔치 않은 소중한 우정이 태어났음을 느꼈다.

"아름다운 이야기네. 정말 아름다운 이야기야." 이폴리트가 말했다.

"항상 그녀 꿈을 꿔. 그런데 그녀를 어떻게 찾아야 할지 모르겠어. 어떻게 잊어야 할지도 모르겠어."

기술자가 오래 생각한 후에 말했다.

"아무것도 잊지 마. 파리로 나를 보러 와. 어떻게 하면 꿈을 계속 따라갈 수 있는지 방법을 알려줄게."

"파리에 갈 기운이 있을지 모르겠네."

"그럼 내가 랑글라드로 갈게. 최대한 빨리. 너처럼 꿈이
와서 살고 있으면 서둘러서 꿈을 실현해야 해. 아니면 현
실이 꿈을 앗아갈 거야."

1891년 9월, 오렐리앙은 마르세유에 내렸다. 그리고 즉시 콩셉시옹 Conception 종합병원으로 옮겨졌다.

같은 날 이폴리트 루아죌이 문병을 왔다. 그리고 일이 있어서 급히 파리로 올라갔다.

"보름이면 일어날 거야." 병원을 떠나며 이폴리트가 오렐리앙에게 예견했다.

실제로는 회복에 두 달이나 걸렸다. 고통스럽고 따분했던 두 달 동안 오렐리앙은 자신의 삶의 고유한 의미가 무엇인지 찾아보려고 애썼다.

걸을 수 있을 정도로 충분히 재활이 되자 그는 자신을 수인囚人처럼 가두고 있는 시간을 죽일 요량으로 병원 복도들을 돌아다녔다. 옆방에 있는 사내는 한쪽 다리가 절단되어 있었는데 헛소리를 하며 아프리카와 사막과 아비시니아에 대해 말하고 있었다. 허리에 금이 가득 든 전대를 차고 있었다.

"르파랑지 씨! 저를 기억하시겠어요?" 오렐리앙이 사내의 머리맡으로 빠르게 다가가며 소리쳤다.

사내는 두 눈이 흐릿했다. 그를 몰라보는 것 같았다.

"누구지?" 질문을 하는 두 눈에 광기가 서려 있었다.

"오렐리앙 로슈페르예요. 멀리 아비시니아에서 동행한 적이 있지요. 기억 안 나세요?"

"기억할 수도 있지. 아니 잘 모르겠다."

르파랑지는 모든 것을 망각했지만 무엇에도 더는 근심하지 않았다. 다른 사람들의 죽음에 대해서도 자신의 임박한 죽음에 대해서도 똑같이 걱정하지 않았다.

죽기 전에 그는 작은 육필 시집을 오렐리앙에게 건넸다.

"받아. 이것이 내가 갖고 있는 전부야. 나라고 할 수 있는 전부지."

오렐리앙은 시들을 집중해서 읽었다. 너무 감동을 받아 눈물까지 흘리면서 말했다.

"아름답네요. 정말 아름다워요."

르파랑지가 이어 말했다.

"보잘것없는 것들이지. 보잘것없는 것들일 뿐이야. 하지만 그것들이 내가 존재했었다는 증거야. 나의 모든 고생이 의미가 있음을 말해주지."

오렐리앙이 최후의 질문을 했다.

"행복하셨나요?"

오렐리앙은 답을 듣지 못했다.

오렐리앙 로슈페르는 귀향길에서 아를의 카발르리 거리 30번지에 있는 카렐 호텔에 들렀다.

그는 화가 소식을 물었다. 삼 년 전 라벤더 향유 한 병을 받고 금색 피부를 가진 여인의 초상을 만들어준 사내.

사람들은 그가 오래전 떠났다고 했다. 틀림없이 향수와 함께 증발해버렸다고 했다. 그날 그려준 그림만이 창고에 남아 있다고 말해주었다.

오렐리앙이 물었다.

"그림을 볼 수 있을까요? 그리고 압생트도 부탁합니다. 삼 년 동안 그리던 겁니다."

"그림을 보고 싶었다는 건가요? 압생트를 마시고 싶었다는 건가요?"

호텔 주인이 물었다.

"둘 다입니다."

주인은 아내에게 그림을 찾아오도록 하고 자신은 압생트를 가져와 따라주었다. 한 잔, 두 잔, 젊은 손님이 그동안 내내 마시고 싶어했음이 확실하다고 생각하면서.

주인 아내가 두 손으로 작은 금빛 그림 하나를 들고 돌아왔다. 그림 속에서 태양의 둘레는 푸른색으로 둥글게 덧칠되어 있었다. 오렐리앙은 그림을 말없이 들여다봤다. 그리고 자신이 걸작 앞에 있음을 이해했다.

"바로 이 그림이에요. 그녀와 똑같아요. 그는 분명히 천재였을 겁니다."

고개를 들지도 않은 채 오렐리앙이 호텔 주인에게 물었다.

"이 그림을 그린 화가가 어찌 되었는지 아시나요?"

주인은 계산대를 닦으며 어깨를 으쓱했다.

"몰라요. 왔던 것처럼 사라졌어요. 어쩌면 죽었겠죠. 나와는 상관없어요."

오렐리앙은 압생트 두 잔을 계산하고 떠날 준비를 했다. 그림을 짐 속에 정리해 넣기 전에 한번 더 들여다봤다. 금색 피부의 여인을.

"잘 그렸어. 정말 잘 그렸어." 경탄한 그가 말을 반복했다.

카페를 떠나기 전 마지막 질문을 했다.

"그는 행복했을까요?"

이번에는 대답을 바라고 한 질문이 아니었다.

"다행이다, 네가 금을 찾지 못해서! 이렇게 돌아왔잖니!"

오렐리앙을 맞이한 것은 레오폴의 목소리였다. 할아버지는 마르세유에서 부친 전보를 받고 아를역으로 손자를 마중 나왔다. 손에 라벤더 한줄기를 들고 지팡이를 짚고 플랫폼에 서 있었다.

오렐리앙은 레오폴의 품으로 빠르게 들어가서 힘껏 껴안았다. 라벤더 줄기를 받아 깊이 들이마셨다.

"이 향기를 잊은 적이 없어요."

"어떻게 잊겠니." 레오폴이 말했다.

젊은이는 라벤더 줄기를 지갑 속에 넣고 한 손으로 할아버지의 어깨를 잡은 채 바라보며 큰 미소를 지었다.

랑글라드로 돌아왔을 때는 클로비스가 기뻐서 소리 지르며 그들을 맞았다.

"이제 됐어. 여행자가 돌아왔어!"

클로비스와 기쁨의 포옹들을 한 후에—그동안 클로비스는 눈물을 뿌리고 압생트를 따랐다—손자와 할아버지는 농가로 향했다.

"그래, 결국 모든 여행은 헛된 것이었니?"

"다 그런 건 아니에요, 할아버지. 다 헛된 건 아니었어요. 향기와 이미지와 추억 들이 남았어요."

"그 모든 시간 동안 무엇을 했니?"

"나이를 먹었어요."

잠시 시간이 흘렀다.

"그리고 이것을 가져왔어요."

오렐리앙은 금벌 두 마리가 들어 있는 작은 상자를 내밀
었다.

"이게 뭐냐?"

"제가 찾고 있던 운명입니다."

"계획이 있어요."

"그렇게 말하는 게 이번이 두번째다. 첫번째 계획은 끝이 좋지 않았지."

오렐리앙은 대답하지 않았다. 할아버지를 바라보고 미소 짓기 시작했다.

"이곳 삶은 어떤가요?"

"알다시피 마을은 변하는 게 별로 없다. 네가 떠나기 전과 마찬가지야. 이곳은 다른 곳보다 시간이 천천히 흐르는 거 같다. 마치 모래시계가 막힌 것 같아. 다른 모래알들보다 더 큰 모래알이 시간이 평범하게 흐르는 걸 막고 있는 것 같아."

"금덩어리처럼 큰 모래알일까요?" 오렐리앙이 물었다.

"왜 금덩어리지? 금덩어리를 찾기라도 한 거니?"

"아니요, 그냥 생각이에요."

"다시 꿀벌들을 키우겠다는 거니?"

손자는 대답하기 전에 잠시 말이 없었다.

"네. 이번엔 제 방식으로요. 다시 꿀벌 키우는 사람이 되고 싶어요."

"그런 일을 겪고도? 미친 짓이다."

"할아버지, 들어보세요. 지난번에 저는 어디로 가야 하는지 모르고 갔어요. 이번에는 어디로 가야 하는지 알아요. 저는 아프리카에서 살아 돌아왔어요. 그리고 제 이름은 오렐리앙 로슈페르예요.* 그러니 제가 하는 대로 내버

---

* Aurélien Rochefer의 발음에는 aurai(가질 것이다), lien(관계), roche(바위), fer(쇠처럼 단단한 것)의 발음들이 들어 있다. 오렐리앙 로슈페르에는 그러니까

려두세요. 나중에는 할아버지도 이해하시게 될 거예요. 중요한 건 제가 마침내 대단한 일을 이루어내려고 돌아왔다는 거예요."

오렐리앙은 노인을 향해 돌아섰다. 먼 곳을 보는 듯한 시선으로 말했다.

"그 대단한 일이 무엇인지 아시겠어요?"

"내가 어찌 알겠니."

"그것은 아름다운 일입니다."

"나는 바위 속에 있는 쇠처럼 단단한 것, 즉 금과 관계가 있을 것이다"라는 운명을 예견하는 문장이 새겨져 있는 셈이다.

이튿날, 오렐리앙은 폴린을 만났다.

"왔어?" 폴린이 마치 어제 떠났던 사람을 다시 본 것처럼 말했다.

"응. 돌아왔어. 꿀벌들을 위해서."

오렐리앙은 폴린에게 두 마리 금 꿀벌을 보여주고 자신의 계획을 설명했다.

그녀는 입술을 깨물었다. 그녀는 울 것 같았지만 그는 아무것도 보지 못했다.

"처음부터 다시 시작할 거야. 이번엔 모든 사람들이 놀라게 될 거야. 너무 아름다워서 잊을 수 없을 거야."

우울한 색이 칠해진 슬픈 가면을 쓴 것처럼 폴린의 얼굴이 어두워졌다.

"그곳에서 나는 숭고한 것을 경험했어."

"다행이야."

폴린은 감정을 감추려고 뒤돌아섰다. 그리고 온몸을 떨며 말했다.

"그녀는 아름다웠겠지. 네가 꿈꾸던 여자 말이야."

폴린이 라벤더 향유 병들 사이에 두었던 봉투를 찾아와 오렐리앙에게 돌려주었다.

"네게 돌려주는 게 좋을 거 같아."

"왜? 아름다운 사랑의 편지가 아니었어?"

폴린이 한숨을 쉬었다.

"아니. 너무 아름다운 사랑의 편지야. 하지만 내게 쓴 편지가 아니야."

오렐리앙 로슈페르는 랑글라드에서 다시 꿀벌 키우는 사람이 되어 삼십여 개의 벌통을 최선을 다해 보살폈다. 1892년 수확이 괜찮았고 그는 예전 열정을 천천히 되찾아 갔다.

겨울이 왔고 꿀벌들은 벌통에서 아주 안전하게 겨울나기에 들어갔다. 선반들에는 다음 개화기까지 필요한 꿀이 충분히 있었다.

오렐리앙이 꿀벌들에게 부족한 꿀을 주고 있던 어느 아

침, 레오폴이 그를 만나러 왔다. 눈 덮인 그루터기에 앉아 모자를 벗고 말했다.

"아프리카에서 무슨 일이 있었는지 말해다오."

오렐리앙은 못 들은 척했다.

"아프리카에서 무슨 일이 있었는지 말해달라고 했다."

"특별한 일은 없었어요. 금을 찾으러 갔고, 꿀을 찾았죠. 그게 다예요."

"꿀에 대해 말하는 게 아니다. 사랑에 대해 말하는 거다. 여자를 만나지 않았니? 나는 확신한다."

오렐리앙이 할아버지 쪽으로 머리를 돌렸다.

"누가 그래요?"

"누구에게 들은 것이 아니다. 특히 네게서 들은 것은 아니지. 네가 말하지 않는 걸 보니 이제 알겠다."

그해 겨울, 오렐리앙에게 삶은 부드러웠다. 봄이 오길 기다리며 평화로운 나날을 보내고 있었다.

날씨가 화창해지자 오렐리앙은 두번째 양봉기를 준비했다. 그는 행복했다. 마음에 동요가 없었다. 하지만 사실 일은 시작도 되지 않고 있었다. 모든 일을 시작하기 위해 편지 한 통을 기다리고 있었다.

이폴리트 루아죌이 서명한 편지 한 통을.

편지는 1893년 4월 어느 날 드디어 도착했다. 정오에, 빌통들에 갔다 와서, 오렐리앙은 갈증을 식히려고 클로비스의 카페에 들렀다.

바로 거기에서 집배원이, 압생트 두 잔과 클로비스와 함께 햇빛 속에 있던 오렐리앙을 찾아냈다.

"내게는 압생트를 희석할 수 있는 물만 충분히 있으면 돼." 클로비스의 말버릇이었다.

집배원은 이폴리트 루아죌의 편지를 오렐리앙에게 건

네주었다.

여름이 예상보다 일찍 온 것 같은 편지였다. 살고 있다는 행복의 향기가 나는 편지였다. 5월 1일에 기술자가 온다는 소식을 알리는 편지였다.

꽃들의 날에.

"그래 그 기술자는 어떤 사람이야?"

"독특한 사람이죠."

"그리고"

"그는 혼자 오는 게 아니에요. 내게 없는 것과 함께 와요."

클로비스가 머리를 긁고 어리둥절한 시선으로 한참 바라봤다.

"여자랑 온다는 말이야?"

"아니요. 돈을 갖고 와요."

이폴리트 루아죌은 아는 게 많고 호기심도 많아서 자연이 선사하는 경이로운 모든 것에 대해 관심 있는 기술자였다. 예를 들면 벌과 개미에 관심이 있었다. 그중에서는 벌에 더 관심이 있었다. 특히 꿀벌에 관심이 있었다. 또한 그는 친구를 잊는 법이 없었다.

그는 예정대로 1893년 5월 1일 아침 랑글라드에 도착했다. 오렐리앙은 벌통들을 돌봐야 했기 때문에 레오폴이 마중 나갔다.

"아프리카에서는 무슨 일을 하셨나요?"

초록 카바레의 테라스에 앉아서 쿠바의 하바나에서나 구할 수 있는 커다란 시가들 중 하나를 피고 있는 배 나온 사내에게, 마주보고 앉아 있는 노인이 물었다.

"손자가 하던 일과 같은 일을 했죠."

"당신도 금을 찾아다녔소?"

"그렇게 말하신다면 저는 금을 이미 찾았지요!" 루아쥘이 큰 소리로 말했다.

그는 시가를 빨고 흰 연기를 길게 내뿜었다. 연기가 올리브나무 잎들 사이로 사라져갔다.

"어떻게 찾았는지 궁금하세요?"

레오폴은 계속하라고 청하는 의미로 머리를 가볍게 끄덕였다.

"꿈들을 현실로 만들어주면서 찾았지요."

"꿈들이라고 했나요?"

"네, 아주 간단합니다. 사람들은 누구나 남몰래 꿈을 간직하고 있습니다. 하지만 대부분 감히 꿈을 현실로 만들지는 못합니다. 바로 거기에서 이 사람의 일이 생기는 겁니다. 타인들의 꿈을 현실로 만들어주는 일이 무슨 소용이 있는지 아시겠어요?"

"모르겠네요. 인간관계에 좋을까요?"

"아니지요. 금을 벌 수 있게 해주지요."

한동안 서로 말이 없었다.

"오렐리앙에게는 원하시는 게 뭐죠?"

"그를 도울 겁니다."

"어떤 식으로 도울 거죠?"

"우리가 처음 만났을 때, 그는 양봉 계획과 거기 아프리카에서 겪은 것에 대해 말했습니다. 그래서 이번에는 제가 꿀벌들에 대해 말하려고 왔습니다. 무엇보다" 여기에서 이폴리트 루아죌은 레오폴의 코 밑으로 시가를 향하게 하면서 말했다. "그가 원하는 금을 찾을 수 있도록 도울 겁니다. 대단한 일을 해낼 수 있도록 도울 거지요."

"그게 뭐요, 그 대단한 일이라는 게?"

"전혀 모르시겠어요?"

"전혀 모르겠소."

이폴리트 루아췰이 웃기 시작했고, 그의 웃음으로 탁자 위에 있는 유리잔들이 흔들렸다. 그리고 마치 하늘과 주변 들판들을 품을 듯이 두 팔을 최대한 벌리고 아프리카의 태양들이 잡아먹어 약해진, 광기 어린 커다란 두 눈동자를 굴리며 큰 소리로 말했다.

"꿀벌들의 나라를 만들 수 있도록 도와야지요! 아피폴리스Apipolis*를 만들어야지요!"

사실 그는 오렐리앙의 꿀벌들에 대해서뿐 아니라, 아프리카에 대해서도, 자신의 삶에 대해서도, 자신이 시도한 모든 것에 대해서도 항상 커다란, 아니 거대한 계획들을 가져온 사내였다.

---

* 조어造語로, api는 "꿀벌", polis는 "나라"의 의미를 준다.

그랬다. 이폴리트 루아쥘은 남모르는 야망이 완전히 잡아먹은 사람이었다. 그는 유명해지고 싶었다. 자신의 이름을 후대에 남기고 싶었다. 그는 밤마다 잠들기 전에, 파리 시청의 정면 상단부에 자신을 본 딴 형상이 조각되는 상상을 했다. 조각된 형상 아래에는 다음과 같은 문장이 새겨져 있을 것이었다.

이폴리트 루아쥘

기술자

조국은 그에게 감사한다

자신만 아는 이 꿈을, 기술자는 마침내 현실로 만들 준비를 하고 있었다.

이폴리트 루아죌은 그날 밤 초록 카바레에 자리를 잡았
다. 이층 방 하나를 빌렸다.

"초록색 방은 아닙니다. 남아 있는 방이 이것뿐이네요."
클로비스가 말했다.

벽면들은 푸른색이었고, 라벤더색 커튼이 쳐져 있었다.
이폴리트는 바로 적응했고 코고는 소리가 이내 숙소 전체
에 퍼졌다.

다음날 새벽 그는 카페 테라스에서 식사를 했다. 오렌지

주스 한 잔, 뜨거운 차 세 사발, 꿀을 바른 딱딱한 구운 빵 조각 일곱 개, 계란 네 개, 잼 한 통을 먹었다. 클로비스는 크게 만족했지만 그의 아내는 질겁했다.

"말로만 듣던 훌륭한 고객이구만!"

그렇게 위장을 채운 다음 이폴리트는 밀짚모자를 쓰고 지팡이를 짚고 커다란 시가에 불을 붙인 후 로슈페르 가족의 농가로 향했다.

"어떻게 아피폴리스를 만들 거지?"

"이 책대로 하면 돼."

뜻밖의 말에 놀란 오렐리앙이 기술자의 손에 들려 있는 매뉴얼을 바라봤다.

"책대로 한다고?"

"그래, 오렐리앙. 널 부자로 만들어줄 책이야. 잊지 마. 책은 꿈을 담아. 그리고 책은 꿈을 갖게 해줘."

실제로 이폴리트는 꿈을 책에 담았고, 책은 그가 꿈을

갖게 해주었다. 그는 단순히, 프랑스에서 가장 아름다운 꽃들에서 꿀을 모아 세상에서 가장 좋은 라벤더 꿀을 만드는 수백만 마리 꿀벌들의 나라를 이룩하겠다는 미친 생각만 가지고 랑글라드에 온 것이 아니었다. 그는 아피폴리스에 대한 온갖 것이 들어 있는 책을 갖고 왔다. 세부 계획, 전문적인 각주, 잠정 계산해놓은 것, 꿈을 현실로 만들어 기상천외한 나라를 세우는 데 필요한 기술과 방법을 설명하는 도식 들이 들어 있는 책이었다.

"누가 쓴 책이야?" 오렐리앙이 물었다.

이폴리트가 가슴을 내밀고 가슴에 손을 올리며 자랑했다.

"당연히 나지. 설마 다른 누가 썼기를 원했던 거야?"

실제로 이폴리트 루아쥘은 기술자가 생업이었지만 식물학자이기도 했고 지질학자이기도 했고 수학자이기도 했다. 그런가 하면 또 작가이기도 했고 이 세상의 모든 것에 대한 학인學人이기도 했다. 어떤 주제에 마음이 끌리면 그는 그것을 철저하게 연구했다. 도서관들의 장서들을 샅

살이 뒤지고, 해당 분야 세계적 권위자들 중 그가 지식의 길에서 전진할 수 있도록 도와줄 수 있는 최고 전문가들을 만났다. 대체로 한 달에서 서너 해 전력을 다하고 난 후, 그는 해당 주제에 대해 책을 한 권 쓰기 시작했다. 학문적으로는 거의 권위가 없는 책이었지만 그에게만은 권위 있는 책이었다.

오렐리앙은 책을 뒤적거리다가 감탄하며 읽었다. 루아쥘의 예상에 따르면, 아피폴리스와 같은 꿀벌들의 나라에서 첫해 꿀 생산량은 만 킬로 이상일 것이었다. 그것은 3만 금화 프랑francs-or*에 해당하는 이익이었다.

"하지만 나의 서른여덟 개 벌통을 가지고는 이런 천문학적 성과를 만들어낼 수 없어."

"먼저" 이폴리트가 반박했다. "벌통은 서른여덟 개가 아니라 천 개가 필요해! 그리고 무엇보다 아프리카에서 본 것 같은 벌집들의 절벽이 필요하지. 여왕벌도 천 마리

---

* 1803년에 만들어진 프랑스 화폐로 매우 적은 양이지만 금이 포함되어 있었다. 2003년까지 국제적으로 통용되었다.

필요하고, 꿀을 수확하는 일꾼도 열 명 필요해!"

"엄청난 돈이 들어갈 텐데!"

"맞아. 하지만 꼭 필요해."

"그런 돈은 어디서 구하지? 그 많은 꿀을 만들어줄 수십만 마리 꿀벌은 또 어디에서 구할 거야?" 오렐리앙이 높은 목소리로 말했다.

이폴리트가 주머니에서 두툼한 지갑을 꺼냈다. 지갑을 열어 보이며 말했다.

"돈은 이 손안에 있지."

지갑에는 10만 금화 프랑이 들어 있었다.

"첫번째, 두번째 양봉기를 위해 필요한 돈이야."

이폴리트가 말했다.

이폴리트의 돈은 석 달도 되기 전에 수중에서 빠져나갔다. 아피폴리스는 거의 신이 도모할 수 있는 규모의 계획이었음이 곧 드러났다. 이폴리트와 오렐리앙은 꿈과 광기를 갖고 있었지만 어쩔 수 없는 인간이었다. 모든 것을 예상할 수는 없었다.

"우선 절벽으로 마땅한 장소를 정해야지." 기술자가 말했다. "그리고 작업장을 설치해야지."

"작업장?"

"원하는 대로 불러. '아피폴리스'라고 해도 좋고, '지옥의 절벽'이라고 불러도 좋고, '파라오의 꿀벌'이라고 불러도 좋아. 뭐라 부르든 그 작업장은 가을까지만 세워져 있을 거야. 하지만 명성은 천년 후에도 이어지겠지!"

그는 오렐리앙의 어깨에 손을 올려놓고 덧붙였다.

"덕분에 나는 조각되고 말거야!"

기술자는 아피폴리스를 거장의 솜씨로 건설했다. 사실 그는 거장 같아 보였다. 사람들을 이끄는 강인함을 갖고 있었고, 외교관의 사교성을 갖고 있었다. 오케스트라 지휘 자처럼 전체를 잘 지휘했다.

먼저, 작전을 수행할 공간인 작업장을 세워야 했다. 이 폴리트는 로슈페르 가족의 농가 인근에 있는 세로 17미터 가로 33미터의 수직 석회암 절벽을 선택했다.

"여기가 완벽하군." 이폴리트가 말했다. "노새들이나

다닐 수 있을 만큼 좁고 작지만 꼭대기로 오르는 데 필요한 길도 있어."

"꼭대기로 올라가려고?"

"나뿐이 아니야. 재료 몇 톤을 문제없이 올려보내야 해."

"누가 나르지?"

기술자의 미간이 살짝 찌푸려졌다.

"네 생각엔 누가 나를 수 있겠어?"

이폴리트는 방앗간에서 물건들을 나를 암노새를 빌렸다. 그리고 아를과 지중해 사이에 있는 삼각주 지역인 카마르그Camargue에서 온 집시 부부에게 버드나무 벌통 몇백 개와 밧줄들과 한 사람의 무게를 견딜 수 있는 바구니를 주문했다. 랑글라드에서 쇠를 다루는 사람에게는 머리가 둥근 대못들, 머리가 둥근 중간 크기 못들, 높은 곳에서 낮은 곳으로 길게 늘어뜨려놓고 사용하는 홈통들, 굴착掘鑿 막대들, 도르래 하나를 주문했다. 마지막으로 기술자는 나무 다루는 사람을 찾아내서 올리브 나무로 만든 엄청난 양의 기다란 목재들을 구입했다.

루아쵤은 아피폴리스를 건설하기 위해 모집한 랑글라드 출신 인부들에게—그들은 과연 이 공사가 가을 전에 끝날 수 있을지 의문을 가졌는데—천 프랑짜리 지폐 몇 장씩을 넣어주면서 말했다.

"돈이 조금 들어가면 의지가 샘솟지. 불가능한 건 없어!"

작업장은 여름 내내 세워져 있었다. 인부 열 명이 상근하면서 굴착 막대로 바위를 파내고, 절벽 꼭대기에 지지대들을 설치하고, 홈통들을 절벽 위아래로 고정하고, 석회암 벌집들 속에 버드나무 벌통들을 배열하였다. 다만 꿀벌만은 아직 한 마리도 보이지 않았다.

레오폴은 작업장 위에 있는 손자를 만나러 왔을 때마다 그 모든 부산한 작업을 조심스럽게 그러나 조금은 못마땅한 태도로 지켜봤다. 그리고 하루종일 인부들에게 최선을 다하라고 있는 힘을 다해 독려하는 기술자를 가리키며 손자에게 말하곤 했다.

"저 친구가 너를 망하게 할 거다."

할아버지의 말이 완전히 틀린 말은 아니었다. 완전히 맞는 말도 아니었다.

구월 어느 아침, 작업이 마무리됐다. 기술자와 양봉업자가 결국 목적을 이루었다는 소문이 랑글라드 전역에 퍼졌다. 작업 과정에서 그들의 빚도 늘어나서 다음 세기로 넘어가서야 분할상환이 끝날 것이라는 소문도 퍼졌다. 소문이 완전히 맞는 말은 아니었다. 완전히 틀린 말도 아니었다.

초기 자금 10만 금화 프랑은 작업장에 들어간 전체 비용의 4분의 1밖에 되지 않았다. 그래서 큰돈을 아를 은행으로부터 대출받아야 했고, 여러 채권자들에게 아피폴리스의 최종 이익에서 한몫씩 떼어주기로 약속해야 했다.

"피도 눈물도 없는 놈들이야." 다른 방법도 없어서 사실상은 강요였던 요청을 받아들이며 루아쥘이 불평을 했다.

"우리가 실패할 수도 있을 거야." 오렐리앙이 실패할 가능성이 있음을 인정했다. "그러나 모든 것이 맘에 들어. 그러니 너와 함께 가야지."

그렇게 말하고 오렐리앙은 이폴리트와 함께 서명했었다.

그런데 그날 아침, 실패할 가능성의 상당 부분이 해소된 것이다. 이폴리트의 미친 사업에 자신도 상당한 참여를 했지만 오렐리앙은 높은 목소리로 말했다.

"네가 결국 해냈어!"

"내가 아니지." 기술자가 반박했다. "원래 네 아이디어였으니까, 실은 네가 해낸 거야."

둘은 미소 지으며 서로를 이해하며 악수했다.

"난 내일 아를에 가서 꿀벌떼들을 구해오려 해." 이폴리트가 오렐리앙을 바라보며 말했다. "아를 지역의 모든 양봉업자들에게 주문을 했어. 백 개 이상인데 조금씩 옮겨서 아피폴리스에 있는 벌통들을 가득 채워야지. 두고 봐. 다음 봄엔 아피폴리스에 셀 수 없이 많은 벌이 살 거야. 정말 아름답겠지."

"꿀벌떼들을 구입하는 데 모두 얼마가 들지?" 오렐리앙이 물었다.

"큰돈이 들지. 하지만 그게 중요한 게 아니야. 우리에게 중요한 건 가장 아름다운 꿀벌떼들이야."

"남는 돈은 얼마나 될까?"

이폴리트가 주머니에서 이미 많이 줄어든 지폐 다발을 꺼내더니 최대한 많은 양을 떼어냈다. 그리고 맺음말을 했다.

"클로비스의 가게에서 너에게 술 한잔 살 돈만 남았어."

이폴리트 루아쵤은 자신의 말을 실천에 옮겼다. 아피폴리스로 옮길 꿀벌떼들과 함께 랑글라드로 돌아올 때, 그 광경은 실로 장관이어서 주민들 모두에게 평생 잊지 못할 장면이 되었다. 기술자가 버드나무 벌통 백여 개를 실은 낡은 마차에서 고삐를 잡고 마을로 들어설 때, 그의 뒤에는 꿀벌들 구름이 후광처럼 떠 있었는데, 양쪽 길가에 모여 있던 마을 사람들에게 기술자가 겨우 보일 만큼 어지럽게 날아다니고 시끄럽게 붕붕거리는 구름 덩어리였다.

"신기루다!" 한 주민이 소리쳤다.

루아죌을 맨 앞에서 맞이한 사람은 오렐리앙이었다. 주민의 외침을 듣고 그는 전에 아프리카에서 본 신기루를 기억했다.

오렐리앙이 마차에 올랐고 두 남자는 농가로 가는 길로 들어섰다. 아름다운 계절과 두 남자의 광기 덕분에 특별히 신이 난 아이들과 꿀벌떼들이 한 덩어리가 되어 뒤따라갔다.

오렐리앙과 이폴리트는 정성을 다해 벌통들 하나하나를 꿀벌들의 나라의 벌집들에 옮겨놓았다. 저녁이 오고 모든 벌이 자신의 벌떼로 돌아간 후 그들은 우물의 테두리 돌 위에 앉아 아피폴리스를 물끄러미 바라봤다. 이폴리트 루아죌이 시가에 불을 붙이고 결과에 만족하며 말했다.

"이제는 모든 것이 금으로 변할 때까지 기다리면 돼! 겨울은 길 거야. 하지만 그게 중요한 게 아니야. 네가 꿀벌들의 나라의 소유주가 되는 것이 중요한 거지. 그 나라는 네가 아프리카에서 본 것보다 더 아름답고 웅장한 나라일 거야. 절벽들 같은 꿀이, 아니, 산더미들 같은 꿀이 우리 머리 위로 흘러내릴 거야!"

"그래, 기다려야지." 해가 지평선에서 사라지는 것을 보며 오렐리앙이 말했다. "항상 봄에 모든 것이 시작되니까."

겨울이 천천히 지나갔다. 눈은 거의 내리지 않았다. 매일 아침, 두 남자는 절벽 아래로 가서 말없이 살펴보았다. 꿀벌들이 거기 있었다. 아피폴리스의 온기 속에서 잠들어 있었다.

"꿀벌들을 방해하지 않는 게 제일 중요해." 이폴리트가 말하곤 했다.

그리고 그들은 마을로 내려와 클로비스와 함께 카드놀이를 했다.

레오폴은 한 번도 오지 않았다. 그는 두 사람이 미쳤다고 생각했고, 레오폴의 그 생각이 두 사람을 웃게 했다.

특히 기술자를 웃게 했다. 이유는 분명했다. 자신의 깊은 곳에서 그는 자신이 미쳤다고 생각하고 있었기 때문이었다. 그는 자신이 미쳤다는 것에서 어떤 자긍심을 느끼고 있었다.

봄이 도착했다. 이제 일에 대해 생각해야 했다.

4월 어느 아침, 첫번째 꿀벌이 1번 벌통을 떠나 한 송이 꽃을 향해 비행을 시작하는 순간에, 꿈이 시작되었다.

양봉업자와 기술자도 새벽 일찍 일어나서, 어린아이들처럼 걱정하며 절벽 앞 현장에 나가 서 있었다. 꿀벌이 나와서 하늘을 나는 것을 보고 서로 바라보며 웃음을 터뜨렸다.

"저게 바로 큰돈이야!" 이폴리트가 목소리 큰 사람의 목소리로 외쳤다. "우리를 기다리고 있는 큰돈이야!"

몇 분 후, 수많은 벌들이 하늘로 날아올랐고 하늘이 어두워진 것 같았다.

이폴리트가 말했다.

"자, 이제 클로비스의 가게로 가서 한잔하지. 이제부터는 우리가 아니라 꿀벌들이 일할 거야."

분봉을 하는 날, 두 사람의 모든 작업을 안 좋게 보고 있던 레오폴에게 감명을 주려고 이폴리트는 여왕벌을 잡아서 자신의 턱 위에 올려놓았다. 그러자 바로 이만 마리 일벌이 여왕벌을 따라왔고 기술자에게 아주 멋진 꿀벌 턱수염이 생겼다. 그는 장난을 계속했다. 공포감을 주고, 살아 있고, 붕붕거리는 수염을 단 채 랑글라드 마을을 한 바퀴 돌았다.

  "참 독특한 친구네!" 레오폴이 말했다.

"네, 바로 그래서 제가 그를 좋아하는 거예요." 오렐리앙이 말했다.

그해 봄, 꿀벌들이 쉬지 않고 랑글라드의 꽃들에 날아다니며 꿀을 모을 때, 저음 솔시레의 딸림화음이 들어 있는 음악도 만들어졌다.

　오렐리앙 로슈페르는 변주도 없고 침묵도 없고 중간 휴지休止도 없으면서 귀를 먹먹하게 하는 꿀벌들의 음악을 좋아했다. 그는 꿀벌들의 음악이 어떤 완전한 아름다움을 표현한다고 생각했다.

　꿀벌들의 음악을 좋아한 나머지 이름까지 지었다. '꿀벌들의 오페라'라고.

첫 수확의 날이 되었다.

그날은 마을 사람 대부분에게 기쁜 날이 되었다. 마을 사람 전체가 초대받아 제대로 된 마을 축제가 벌어졌기 때문이다. 루아쥘 이폴리트는 자신의 재능으로 만든 훌륭한 볼거리에 모든 사람이 참석하기를 바랐다. 레오폴과 클로비스는, 상원의원들과 함께, 무대에서 가장 가까운 좌석들에 착석했다. 그들 뒤에 밀집한 마을 사람들은 휘둥그레진 눈으로 절벽을 바라보고 있었다.

오렐리앙은 겁에 질린 상태로 절벽 위에 서서 기술자의 지시에 따를 준비를 하고 있었다. 폴린은 착하게도 이폴리트와 오렐리앙의 미친 팀을 도와주겠다고 스스로 제안했고, 아래쪽에서, 밀랍을 녹이는 데 사용하는 초대형 통 옆에서 기다리고 있었다.

기술자가 목을 가다듬고 연설을 했다.

"신사 숙녀 여러분. 최대한 집중해주시기 바랍니다. 잠시 후 여러분들이 목격하실 기념비적인 장면은 절대 정숙 속에서 공연되는 오페라이기 때문입니다. 단 한 번뿐인 공연이고, 세계 최초의 공연입니다. 인류 역사의 위대함을 위하여, 삶의 아름다움을 위하여, 꿀 속의 금을 위하여, 금과 침묵으로 연주되는 오페라 앞에서 자리를 지켜주시기 바랍니다!"

기술자가 손을 높이 쳐들고 두 눈을 크게 뜬 채 언제 끝날지 알 수 없는 긴 순간들 속에서 청중 모두가 침묵하길 기다렸다. 그의 주변에 있는 모든 것이, 잊을 수 없는 경이로운 무언가를 기대하면서 집중되었을 때, 그는 마치 오케스트라 단장이 단원들에게 첫 박자를 연주하라고 신호를 보내는 것처럼, 갑자기 그러나 우아하게 손을 내렸다. 그렇게 지상에서 가장 조용한 오페라가 시작되었다.

먼저, 관악기 파트에서 실행에 들어갔다. 절벽 아래서 폴린이 초대형 통의 뚜껑을 작동시켜 연기를 분출시켰다. 통 속에는 마麻로 만든 주머니들이 불타고 있었고 주머니들이 불타며 나오는 연기가 설치된 오르간 파이프 시스템을 통해 홈통들로 보내졌고 홈통들을 통해 벌통들로 올라 갔다. 그 모든 것이 절대 침묵 속에서 일어났다. 오페라의 첫 부분은 그렇게 고요하고 백색이었다.

이어서 현악기 파트 차례였다. 오렐리앙은 작업복을 입어 몸을 보호하고 바구니에 들어가 앉아 밧줄을 풀고 당기는 기계 장치를 이용하며 바위를 따라 조금씩 내려왔다. 1번 벌통의 높이에 다다랐을 때 그는 벌집들이 들어 있는 층을 당긴 후 꿀로 가득찬 밀랍 틀을 하나 꺼내 두 손으로 으깨었다.

이제 금관악기 파트가 오페라 악보를 연주할 차례였다.

꿀이 철로 만든 홈통을 타고 흘러내려갔다. 마치 급격히 흘러내려가는 금물처럼. 그리고 압축기를 지나며 짜지고 몇 미터 아래에서 철망을 통과하며 걸러진 다음 절벽 아래까지 계속 흘러내렸다.

여전히 최고의 침묵 속에서. 마지막 음까지. 유리 단지에 첫번째 꿀방울이 떨어졌을 때 나타난 금으로 만든 음까지.

진정한 오케스트라 지휘자가 된 기술자가 팔을 내리고 부동자세로 꼼짝하지 않았다. 그것은 기쁨의 분출이었다. 랑글라드 사람들 모두가 천재를 향해 소리 질렀고, 아이들은 행복하게 웃었다.

"기발하다! 거의 비현실적이야." 클로비스가 외쳤다.

"미친 사람이네!" 레오폴은 큰 소리로 안 좋게 말했다.

"아름다운 오페라였어." 친구의 품으로 빠르게 다가서며 오렐리앙이 말했다.

기술자는 오렐리앙을 한없이 부드러운 눈길로 바라봤다.

"맞아. 완벽했어. 오랜만에 정말 아름다운 음악을 들었네."

두 남자가 꿀로 큰돈을 벌었다는 소문이 프로방스 전역에 퍼졌다.

"그 두 사람이 도대체 누구야?" 사람들이 물었다.

"한 명은 양봉업자고 한 명은 기술자래. 왜 있잖아, 아프리카에서 왔다는 사람들."

"아, 그 꿈꾸는 사람과 독창적인 사람!" 사람들이 답했다.

정확히 두 달 후, 이폴리트 루아죌은 독창적인 사람이 아니라, 사람들이 덜 부러워하는 광인으로 평가되었다. 그리고 오렐리앙 로슈페르는 꿈꾸는 사람이 아니라 사리 판단을 못하는 사람으로 평가되었다.

　두 달. 라벤더꽃들이 피어서 태양 아래서 만개하고 꿀벌의 방문을 단 한 번도 받지 못한 채 시드는 시간.

　두 달. 꿀벌에 대한 집착이 만든 아피폴리스라는 놀라운 나라의 환상적 계획이, 독이 들어 있는 두 광인의 머리에

서만 싹틀 수 있었던 불행한 운명, 즉 폐허로 바뀌어가는 것을 목격하던 시간.

두 달. 사납고 만족을 모르는 작은 기생충인 벌집나방들이 두 사람이 함께 세운 삶의 계획을 파괴하던 시간.

벌집나방이라 불리는 갈레리아 케렐라Galleria Cerella 는 밀랍을 먹고 산다.

암컷이 아주 작은 노란 알들을 낳는다. 그리고 8일 후 알이 애벌레로 변한다. 다시 3주 후 애벌레는 번데기로 바뀐다. 또다시 15일 후 번데기에서 나방이 나온다. 암컷에서 나방들까지, 이 생리生理가 다섯 번 내지 여섯 번 반복된다.

벌집나방은 벌집들만 공격하는 것이 아니다. 틀들까지

공격한다.

7월 어느 아침, 오렐리앙과 이폴리트가 두번째 수확을 앞두고 벌통들을 사전 점검하려 할 때 그들은 벌통 세 개에서 꿀벌들이 있어야 할 자리에 수많은 애벌레가 죽어 있는 것을 발견했다.

"벌집나방들의 공격이야!" 오렐리앙이 소리쳤다.

"있을 수 있는 일이야. 너무 걱정 마."

기술자는 병든 벌통들을 아직 괜찮은 벌통들과 분리하려 했다. 하지만 악惡은 이미 은밀하게 자리잡고 있었고 피해는 걷잡을 수 없이 확대됐다.

일주일 후 병든 벌통 수는 일곱 개로 늘어났다. 다시 8일 후에는 스무 개가 넘었다. 두 달이 지나자 아피폴리스에 병들지 않은 벌통은 없었다.

인류 역사에서 가장 아름다운 작품들 중 하나를 실현하고자 하는 책 속에서, 이폴리트 루아죌은 모든 경우를 예상했다. 다시 말해 모든 것을 내다봤다. 하지만 운명만은 미리 알 수 없었다. 운명은 그가 천재가 되는 걸 원치 않았다.

모든 것을 잃었음을 두 사람이 이해했을 때, 그들은 아직 재난으로부터 구할 수 있는 소량의 꿀이라도 수확하려고 애썼다.

필터를 이용해 꿀을 걸러내니 겨우 백 킬로가 수확되었다. 유리병 백 개에 상표가 붙었다.

라벤더 꿀

아피폴리스

랑글라드

양봉업자: 오렐리앙 로슈페르

오렐리앙은 그중 아흔 병을 판매했다. 주변에 일곱 병을 나눠주고, 두 병은 이폴리트에게 주었다. 나머지 한 병은 자신이 보관했는데 한 번도 손대지 않았다.

두 사람의 파산 소식을 듣고 채권자들이 꿀에 이끌린 파리들처럼 들이닥쳤다. 그들이 빚을 당장 갚을 것을 요구하자 이폴리트는 충격을 받아서 늘 물고 있는 담배를 빼는 것도 잊어버렸다.

"저 기생충들에게 갚아야 할 빚이 얼마야?" 이폴리트가 자신의 동업자에게 물었다.

오렐리앙은 계산을 하고 종이에 숫자를 써서 동업자에게 보여주었다.

"이렇게나 많아?"

양봉업자가 그렇다는 표시를 했다.

"하늘에서 돈 떨어지기를 기다리는 수밖에 방법이 없네."

이폴리트 루아죌은 절망해서 어느 벌통 옆에 앉아 천사가 이 난국으로부터 그를 빼내주러 오길 기다렸다.

"하늘에서는 모르겠지만 아프리카에서는 가능해!" 오렐리앙이 소리쳤다.

그는 주머니에서 갖고 있던 금벌 두 개 중 하나를 꺼냈다.

그 보석을 팔아 아피폴리스 때문에 진 빚 중 일부를 갚을 수 있었고, 나머지는 분할상환을 요구할 수 있었고, 채권자들이 돌아가도록 할 수 있었다. 남은 돈으로─77프랑이었는데─그들은 클로비스의 카페에 가서 밤늦게까지 술을 마셨다.

III

이폴리트 루아쥘은 1894년 9월 어느 아침 랑글라드를 떠났다. 시가는 더이상 피지 않았지만 우아한 밀짚모자는 여전히 쓰고 있었다. 마음에는 커다란 고통이 있었고 두 눈은 슬픔으로 흐려져 있었다.

"책을 한 권 쓸 거야. 이번에는 벌집나방을 잊지 않아. 아예 꿀벌 알들과 성체 꿀벌들이 걸릴 수 있는 모든 병을 조사해서 목록을 만들 계획이야. 그 병들을 뿌리 뽑을 수 있는 방법도 찾을 거야."

"그런 책을 쓰지 않아도 괜찮아." 오렐리앙이 말했다.

"아피폴리스는 아름다운 아이디어였어."

"그래, 아름다웠어." 이폴리트가 말했다.

"같은 꿈을 두 번 꿀 수 없다면, 우리가 함께 꾸었던 꿈을 간직할게."

그렇게 말할 때 이폴리트의 마음이 흔들렸다. 그는 오렐리앙의 손을 오래 잡았다. 그리고 돌아서서 말없이 사라져갔다.

레오폴 로슈페르는 1895년 봄 어느 아침에 사망했다.

오렐리앙은 푸른색 무늬 대리석으로 무덤 덮개와 비석을 만들었다. 관 속에는 라벤더 한줄기를 넣었다. 그는 매일 할아버지를 생각했지만, 한 번도 랑글라드의 묘지로 돌아가지 않았다. 할아버지는 회색 십자가들이 있는 직사각형 묘원보다 들판들에 있는 꽃들의 청보라색 속에 계셨다.

그해 라벤더 수확은 좋지 않았다. 너무 심한 가뭄 탓에 들판에서 꽃들이 하나씩 시들어갔다.

오렐리앙은 경작을 그만두기로 했고 땅 일부를 팔았다. 점점 더 자주 농가에 머물며 아프리카를 생각했다.

어느 밤 그는 금색 피부를 가진 젊은 여자와 군주 마코넨과 아프리카에서 동행했던 사람들의 꿈을 꿨다. 잠에서 깨면서 그는 그 무엇도 그 누구도 결코 잊히지 않는다는 것을 이해했다. 잊힌다 해도 자신이 사랑했던 존재들은 결코 잊히지 않는다는 것을 이해했다. 자신의 삶의 숭고한 부분을 내색하지 않고 단단하게 만들어준 존재들이 가장 잊히지 않음을 이해했다.

할아버지는 결코 잊히지 않는 존재였다. 이폴리트 루아죌은 가장 잊히지 않는 존재였다. 할아버지와 자신보다 광인이었고 동시에 더 숭고한 사람이었다.

"아피폴리스는 어떻게 할 거야?" 어느 날 클로비스가 물었다. 햇볕과 습도에 벌통들이 썩기 시작한 지 곧 일 년이 되어갔다.

오렐리앙은 기술자의 사업에서 남은 것을 쳐다봤다. 그리고 아주 슬프게 힘없이 발음했다.

"그대로 죽어가도록 내버려두려 해."

그렇게 말했지만 사실 그는 어떤 아이디어의 아름다움은 죽지 않으리라는 것을 잘 알고 있었다.

겨울을 나고 있던 중에 폴린은 문 앞에서 정체불명의 소
포를 발견했다. 동봉한 편지도 없었고 발송인의 주소도 없
었다. 우표도 없었다.

궁금해진 그녀는 상자를 들여온 후 방문을 닫았다. 몇
초보다는 길고 영원보다는 짧은 시간이 흐른 후 그녀는 떨
리는 손가락들로 소포를 열었다. 그림 한 점이 들어 있었
다. 놀랄 만큼 아름다운.

금색 피부를 가진 아프리카 여인의 초상화였다.

같은 날, 그녀는 오렐리앙이 생각났다. 그리고 그러려고 그랬겠지만 그가 절실히 보고 싶어지기 시작했다. 밤에 그녀는 잠을 설쳤다. 너무 얕은 잠이어서 잔 것 같지가 않았다.

아침에, 그녀는 편지를 쓰고자 했다. 그에게. 오렐리앙 로슈페르에게. 그러나 단어들이 떠오르지 않았다. 찾을 수 없는 것들 같았고, 손에 닿지 않을 것들 같았다. 어쩌 보면 간밤의 잠처럼, 존재하지 않는 것들 같기도 했다.

마침내 폴린은 참지 않고, 그때는 미친 짓이라고 생각했지만 나중에는 꼭 필요하고 다행인 광기였다고 판명된 행동을 했다. 눈 내리는 밖으로 나가서 로슈페르 가족의 농가까지 달려간 것이다.

폴린이 작업실에 도착했을 때 오렐리앙은 일곱번째 벌통 제작을 막 마무리하고 있었다. 보기 드문 의지와 견줄 수 없는 집념으로 그는 꿀벌 키우는 일을 다시 시작하기로 결정했다. 이번에는 규모를 작게 해서. 성공할지, 화재와 벌집나방과 그 밖의 재난을 피할 수 있을지 알 수 없었지만, 바로 그런 불확실함이 희망이 되어서 그의 시도에 금의 가치를 주고 있었다.

흥미롭게도 오렐리앙은 장작들로 벌통들을 만들었다.

그런 제작은 이번이 처음이었다. 특이한 벌통들이었다. 그에게서 광기를 제외하는 건 불가능했다.

그가 일곱번째 벌통을 금색으로 칠하고 있을 때 폴린이 들어와서 다가왔던 것이다.

그녀는 못마땅하다는 듯 오렐리앙을 바라보고 말없이 걸어와서 장갑을 벗으며 말했다.

"아프리카에 있던 몇 해 동안 넌 내게 한 번도 편지하지 않았어. 돌아와서도 사실 아무 말도 해주지 않았고. 네게 는 꿀벌들만 보이지. 이제 와서 그림 한 점을 아무 설명도 없이 보내다니."

"편지를 쓰거나 무슨 말을 하기엔 너무 늦었다고 생각했어……"

폴린이 가까이 와서 오렐리앙의 얼굴에 두 손을 대고 그가 자신의 눈을 들여다보도록 한 다음 말했다.

"세상에 너무 늦었다고 말할 수 있는 건 없어."

오렐리앙이 폴린의 손을 잡고 꼭 쥐었다. 한참 동안. 부드럽게.

그녀는 오렐리앙의 너무 늦은 몸짓에서 손을 빼고 방의 다른 쪽 끝으로 갔다. 언제나 그랬듯 놀랄 만큼 천천히 움직여서 선반 위에 있는 다섯 가지 물건에 다가갔다.

"내게 남은 건 그것들이 다야." 오렐리앙이 말했다. "꿀 한 병, 금벌 하나, 시들이 적힌 수첩 하나, 아프리카에 대한 책 한 권, 라벤더 한줄기."

그녀가 돌아서서 그를 보고 씩 웃었다. 그리고 말했다.

"그것들만으로도 이미 많은 걸. 내게 남은 건 너뿐이야. 그림도 네가 준 거지."

폴린은 라벤더 줄기를 쓰다듬었다. 그리고 냉담한 태도로 보석을 바라보더니 수첩 속에서 무작위로 시를 한 편 택해서 읽었다. 그리고 꿀병을 손에 쥐었다. 뚜껑을 열고 손가락을 달콤한 액체에 적신 후 진심으로 즐거워하며 맛보았다.

"이 꿀을 수확한 것이, 네 인생에서 가장 잘한 일 같아."

그녀는 다시 한번 손가락을 꿀 속에 넣었다. 그리고 천천히 기뻐하며 꿀을 입술로 가져갔다. 그녀가 부드럽게 덧붙였다.

"삶의 금."

오렐리앙은 작업대 위에 붓을 놓았다. 아프리카에 대한 책을 꺼내서 폴린에게 내밀었다.

"받아. 이제 네 책이야. 나머지 물건도 모두 네 거야. 나머지 물건 모두 이 책과 어울리는 거지. 꿀, 금벌, 시들이 적힌 수첩, 저 라벤더 줄기, 모두. 나를 거쳐 와서 내게 남아 있는 전부야. 이제야 네게 줄 수 있게 되었어."

"내게 준다고? 확신하고 말하는 거야?"

오렐리앙이 그녀를 향해 고개를 들었을 때 묘한 것이 보였다. 전에는 본 적 없는 것인데 그를 깊이까지 흔들었다. 폴린이 책상 위 한쪽에 앉아서 유리병을 타고 흘러내리는 꿀 한 방울을 사랑스럽게 바라보고 있었다. 그녀는 자신의 시선이 미치는 곳 너머까지 보고 있었고, 그녀의 눈동자들의 거울에, 피부에, 손에, 꿀의 색이 비치고 있었다.

오렐리앙은 자신이 찾고 있던 여인이 눈앞에 있음을 알게 되었다. 그는 간명하게 답했다.

"그럼. 이제는 확실히 알아."

그렇게 말하고 나서 그는 행복을 느꼈다. 마침내 결국 자신만의 삶의 금을 찾았기 때문이었다.

○

역
자
의

말

페르민의 색채 3부작에 대하여

임선기

막상스 페르민의 소설은 소설인가? 아니면 시인가?

문학을 장르들로 분류하는 관습은 현대문학에서 논의 대상이 되고 있다. 한편에 산문시poésie en prose에 대한 논의가 있으며, 다른 한편에 시적 이야기récit poétique에 대한 논의가 있다. 그러면 막상스 페르민의 소설은 시적 이야기인가? 이 질문 앞에서 작가의 말을 들어보자.

나의 글쓰기는 고유한 것입니다. 그것은 항상 로망roman

과 콩트conte, 그리고 시poésie 사이에 있습니다.

마치 말라르메가 시를 음악과 문학 사이에 정위치시켰듯, 페르민은 자신의 글쓰기를 로망과 콩트, 그리고 시 사이 어딘가에 위치시킨다. 그것이 그의 글쓰기의 고유성이다.

그러면 로망이 문제가 된다. 콩트가 문제가 되고, 시가 문제가 된다. 우선 시. 페르민에게 시는 언어의 음악이다. 그는 반복해서 말한다. 단어들이 내는 음악la musique des mots, 그것이 시이다. 따라서 번역은 단어들을 만날 때마다 시의 문제를 만난다. 프랑스어의 소리가 내는 음악을 한국어의 소리가 내는 음악으로 번역하는 문제를 만난다. 로망은 무엇인가? 쉽게 '소설'로 번역할 수 없다. 로망은 로망어le roman로 쓴 중세의 연애 이야기나 모험담을 근간으로 한다. 이러한 근원적 정의에 페르민의 색채 3부작(『눈』

『검은 바이올린』『꿀벌 키우는 사람』)은 화답한다. 3부작은 모두 로망어였던 프랑스어로 쓰였으며 사랑 이야기와 모험담이 중심에 있다. 그러면서도 예의 작품들은 로망을 벗어난다. 시에 다가가고 동시에 콩트에 접근한다. 그러면 콩트란 무엇인가? 콩트는 무엇보다 짧은 이야기이다. 실로 『눈』도 『검은 바이올린』도 『꿀벌 키우는 사람』도 짧다. Short Story이다. 콩트는 종종 환상적인데, 그 작품들도 환상적이다. Novel이, 그 말이 의미하듯, '새로운' 이야기라면 콩트는 자주 철학적이다. 스케치와 같이, 심리적 깊이나 상황적 디테일에 치중하지 않기 때문에, 일견 깊이가 없어 보일 수 있지만 실은 묵직한 이야기일 수 있다. 콩트는 신문으로도 쓸 수 있고 시로도 쓸 수 있다. 따라서 주로 길이가 긴 소설과 달리, 그리고 시와 마찬가지로, 개인적으로 읽지 않고 여럿이서 들을 수 있다.

  서양에서 시는 동지중해 문명에서부터 내려온 대전통 Great Tradition이고, 로망은 18세기에 활발하더니 19세기에 지배적 장르가 되었다. 콩트는 17세기와 18세기에 유행했다. 페르민의 색채 3부작은, 유럽의 고전 문명과 중세 문명, 그리고 근대 문명의 양식들의 요소들을 두루 취하면서 그 양식들 어디에도 전속되지 않는 새로운 양식을 지향한다고 말할 수 있다. 그 양식을 '시적 소설'이라고 부른다면 그것은 어디까지나 아직은 편의상의 이름이다.

사실 페르민의 시적 소설의 형식의 내용은 로망적인 것, 콩트적인 것, 시적인 것의 합과 그 합의 융합에서 파생하는 세계라고 할 수 있다. 페르민은 로망에서는 프랑스어 자체와 사랑 이야기와 모험담을 가져왔으며, 콩트의 전통에 따라 이야기를 짧게 만들었고, 콩트로서 환상적이고 스케치 같다. 콩트로서 철학적이기 때문에 독자를 지혜로 초대한다. 콩트는 시로 쓸 수 있기 때문에 페르민의 시적 소설에는 기본적으로 시로 가는 내적 다리가 놓여 있다. 그 다리를 건너가면 예의 단어들의 음악이 나온다. 즉, 페르민의 시가 펼쳐진다.

이상이 페르민의 시적 소설의 형식의 내용이다. 『눈』도

『검은 바이올린』도 『꿀벌 키우는 사람』도 이 형식의 내용 안에서 존재한다. 이 형식의 내용에 대해 좀더 자세히 말해보자. 먼저 페르민의 프랑스어. 페르민은 말한다.

나의 프랑스어는 내 고향의 프랑스어임을 잊지 말아주세요.

—작가가 필자에게 보낸 사적 편지 중에서

정확히 말하면, 페르민의 고향 알베르빌의 프랑스어는 파리의 프랑스어가 아니다. 프랑스어는 중세에도 남부 프랑스의 로망어인 랑그 독langue d'oc과, 파리 중심의 북부 로망어인 랑그 도일langue d'oïl로 나뉘어 있었다. 프랑스는 인류 역사상 가장 강력한 언어 표준화 정책으로 하나의 프랑스어를 추구해왔지만, 여전히 다양한 지역어들이 살아 있는 언어 공간이다.

이어서 페르민의 단어들의 음악. 페르민이 시라고 말하는 단어들의 음악의 실체는 무엇인가? 단어는 어휘 전체집합의 구성요소들이다. 페르민 역시 프랑스어 어휘 전체집합 중 부분집합만을 사용한다. 그것이 페르민의 개인 사전vocabulary이다. 그 개인 사전을 바탕으로 문장들을 의식 차원에서 만들 때 논리적 기준, 미적 기준 등 여러 가지 잠재하는 기준이 활성화해서 개입한다. 문장들은 담화discourse를 만들고, 문장들은 표현들expressions로 구성된다. 표현들은 다시 어휘들로 구성된다. 어휘들은 음절들syllables로 구성되고 음절들은 자·모음의 음소들phonemes로 구성된다. 여기에 악센트와 같은 운소들prosodemes이 함께 한다. 요컨대, 문장을 만들 때마다 복합적이고 복잡한 언어의 세계가 펼쳐지는데, 페르민은 이 언어적 복합·복잡계에서 나타나는 음악을 시라고 부르는 것이다. 그는 '단어들'의 음악이라고 말했지만, 단어들은 문장에서 독립적으로 존재하는 것이 아니라 복합·복잡계인 언어활동language의 우주 속에서 조직되어 존재하는 것이다.

그런데 3부작에서 페르민의 언어활동의 범위는 하나의 작품에서 그치는 것이 아니라 세 작품 전체에 걸쳐 있다.

다시 말해 3부작은 하나의 상위 담화superior discourse라 할 수 있고, 그 상위 담화 속에서 『눈』과 『검은 바이올린』과 『꿀벌 키우는 사람』은 하위 담화들inferior discourses을 구성하고 있다. 이 하위 담화들은, 작가가 출판사에 보낸 서면 인터뷰에 실려 있는 말 "écrits sur la même trame"대로, 하나의 실로 짠 것이다. 달리 말해 하나의 구조 위에 세워진 것이다.

따라서 3부작은 같이 읽어야 한다. 독립적이지만 공존하기 때문에. 마치 윤회하는 세 바퀴처럼. 그래서 『눈』의 화가 소세키 선생은, 『꿀벌을 키우는 사람』에서는 주인공이 아프리카로 가는 도중에 만나는 화가가 되어 있다. 『검은 바이올린』에서 에라스무스가 아버지에게 자신의 미래에 대한 의지를 밝히는 장면은, 『눈』에서 유코가 아버지에게 자신의 미래에 대한 의지를 밝히는 장면이 되어 있다. 『검은 바이올린』의 후반부에서 요하네스 카렐스키는 자신의 오페라를 불 속에 던져버린다. 『꿀벌을 키우는 사람』의 후반부에서 이폴리트 루아죌은 꿀벌들의 오페라를 공연한다. 페르민은 출판사를 통해 한국의 독자에게 보낸 엽서에서 말한다.

눈의 흰색 이후 이제 바이올린의 검은색입니다. 하나의 거울을 통과하듯, 독자 여러분은 우주를 바꾸게 될 겁니다. 시에서 음악으로 가게 되고, 일본의 산들에서, 나폴레옹 점령기의 베네치아, 그 석호潟湖 속의 도시로 가게 될 겁니다.

우리는 그 도중에서, 재능 있는 바이올린 연주자의 길과, 미스터리한 바이올린 장인의 길과, 금빛 목소리를 가진 여인의 길과 마주치게 될 겁니다.

페르민의 색채 3부작이 윤회하는 세 가지 바퀴라면, 그 작품들은 모두 꿈이다. 『꿀벌 키우는 사람』에서 주인공이 만난 화가가, 팔레트에서 선택한 세 가지 색, 그것은 모두 꿈의 색이다. 흰색, 검은색, 금색. 페르민의 삼색.

작문composition이란 원래 담화를 조직하는 기술이다. 운

rhyme이라는 소리 규칙은 담화를 조직하는 기능을 갖는다. 그래서 운이 있는 곳에 작문이 있고, 작문이 있는 곳에 조직된 담화가 있다. 페르민의 3부작을 하나의 담화로 조직하는 규칙에는 시각적 규칙으로서 색이 있다. 『눈』에서도 『검은 바이올린』에서도 『꿀벌 키우는 사람』에서도 제목에서부터 색이 등장한다. 『눈』의 색은 흰색이고 『검은 바이올린』의 색은 검은색이고 『꿀벌 키우는 사람』의 색은 금색이다. 흔히 색은 문화적 가치이다. 3부작에서도 색은 물성物性을 지닌 뉘앙스의 세계가 아니라 추상적 개념이다. 흰색은 '결합'을 상징한다. 그래서 『눈』에서 사랑은 이루어진다. 검은색은 '분리'를 상징한다. 그래서 『검은 바이올린』에서 사랑의 두 사람은 둘 다 죽고 만다. 금색은 '자신의 삶'을 상징한다. 『눈』의 네에주는 줄타기에서, 『검은 바이올린』의 카를라는 목소리에서 자신의 삶을 발견했다. 『꿀벌 키우는 사람』의 오렐리앙은 폴린에게서 자신의 삶을 발견한다. 오렐리앙의 여행은 자신의 삶을 찾는 모험이었다. 자신의 삶은 꿀처럼 달콤하다. 자신의 삶을 찾은 사람은 행복하다. 여행중에 만난 사람들에게 오렐리앙은 행복했는지, 행복한지 묻는데, 그 질문들은 자신의 삶을 찾았느냐는 질문이다. 2019년 발표한『행복의 수학적 개연성La probabilité mathématique du bonheur』에서 페르민은 자신의 두 딸에게 주는 헌사에서 인생에서 가장 중요한 것은 자신의 길을 찾는 것이라고 말한다. 자신의 길이란 자신의 삶이다.

색채 3부작은 세 가지 이야기로 구성된 이야기이다. 사랑의 결합에 대한 이야기, 사랑의 분리에 대한 이야기, 그리고 이후에 이어진 인생에서 자신의 삶을, 다시 찾아온 사랑에게서 찾는 이야기.

*

페르민은 필자에게 보낸 사적 편지에서 말한다. 어느 나이에는 삶의 섬세함에 대해 알게 된다고. 삶의 섬세함에 대해 쓴다는 것은 따라서 어느 나이가 필요하다. 그 나이가 단순히 육체의 나이만을 의미하는 것은 아닐 것이다. 그것은 차라리 삶의 섬세함에 대해 알게 되는 시간을 의미할 것이다. 그 섬세함은 가령 『검은 바이올린』에서

베네치아에 비가 내렸다. 가늘고 촘촘한 비였다. 물방울들이 대운하 위에서 내는 소리, 곤돌라들의 허리를 때리며 찰랑이는 물의 소리, 이따금 건물들 사이를 지나며 바람이 우는 소리만 들렸다.

라고 말할 때 보이는 섬세함이다. 그가 출판사를 통해 한국의 독자에게 보낸 엽서에서 말하는 '사랑'과 '예술'이야말로 삶의 섬세함이 나타나는 세계라고 할 것이다. 같은 지면에서 페르민은 말한다.

그것들이 있기에 삶은 살 만한 것이겠지요.

이와 같이 삶은 살 만한 것이다. 삶이 살 만한 것이라면,

사랑과 예술이라는 섬세함이 있기 때문이다. 그 두 섬세함은 페르민이 독자의 손에 전달하는 지혜라고 할 수 있다. 또한 페르민은 사랑, 예술과 더불어 '숭고하고 영원한 열정들'에 대해 말한다. 숭고하고 영원한 열정들도 삶을 살 만한 것으로 만들어준다.

현대의 거대 자본은 모든 것을 교환 가치의 거미줄 속으로 빨아들이고 있다. 교환할 수 있는 것만이 가치가 있다는 그 거미줄에 대해, 사랑과 예술은, 교환할 수 없는 것으로 스스로를 호출하고 있다. 이 호출이 계속되는 한 삶은 계속되고 지속될 것이다. 적어도 그동안은, 삶은, 페르민의 표현을 빌어 말하면, 살 만한 가치가 있을 것이다.

꿀벌 키우는 사람

L'Apiculteur

초판 1쇄 인쇄 2022년 12월 16일
초판 1쇄 발행 2022년 12월 26일

지은이 막상스 페르민
옮긴이 임선기

펴낸이 김민정
책임편집 권현승
편집 유성원 김동휘
표지디자인 한혜진
본문디자인 최미영
저작권 박지영 형소진 이영은 김하림
마케팅 정민호 이숙재 김도윤 한민아 정진아 이민경 정유선
브랜딩 함유지 함근아 김희숙 고보미 박민재 박진희 정승민
제작 강신은 김동욱 임현식
제작처 더블비(인쇄) 경일제책(제본)

펴낸곳 (주)난다
출판등록 2016년 8월 25일 제406-2016-000108호
주소 10881 경기도 파주시 회동길 210
전자우편 nandatoogo@gmail.com
페이스북 @nandaisart **인스타그램** @nandaisart
문의전화 031-955-8853(편집) 031-955-2696(마케팅) 031-955-8855(팩스)

ISBN 979-11-91859-36-2 03860